Stefanie Taschinski

Die POPkörner

Ein Feuerwerk für Motte

Weitere Bücher von Stefanie Taschinski im Arena Verlag:
Die POPkörner. Ein Stern für Lou (Band 1)
Die POPkörner. Eine Bühne für Billie (Band 3)

Die kleine Dame
Die kleine Dame und der rote Prinz
Die kleine Dame auf Salafari
Die kleine Dame feiert Weihnachten

Stefanie Taschinski,
geboren 1969, studierte Geschichte, Soziologie und Drehbuch. Sie lebt mit ihrem Mann und ihren zwei Töchtern in Hamburg. Ihre ersten Kinderbücher, die Abenteuer rund um »Die kleine Dame«, wurden von den Lesern und in der Presse mit großer Begeisterung aufgenommen und werden in Kürze fürs Kino verfilmt.

Stefanie Taschinski

Die POPkörner

Ein Feuerwerk für Motte

Arena

Für die neue Generation:
Jasmin, Pauli, Josi, Sophie,
Philipp, Lilly und Kathi
in Liebe
S.T.

FSC
www.fsc.org
MIX
Papier aus verantwortungsvollen Quellen
FSC® C110508

1. Auflage als Sonderausgabe 2016

Vignetten: Silke Schmidt
Einbandgestaltung: Nina Dulleck
Gesamtherstellung: Westermann Druck Zwickau GmbH
ISSN 0518-4002
ISBN 978-3-401-50930-3

www.popkoerner.de

Besuche uns unter:
www.arena-verlag.de
www.twitter.com/arenaverlag
www.facebook.com/arenaverlagfans

1. Song

Milchreis mit unregelmäßigen Verben

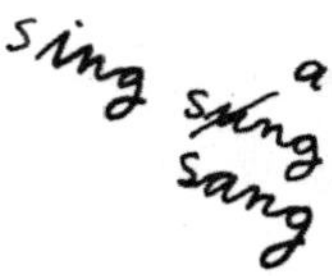

Durch das gekippte Fenster der Schülerbibliothek wehte der Duft des Sommers. Es war eine Mischung aus warmem Asphalt, blühendem Jasmin und Bratwürstchen. Mottes Magen knurrte. Sie war in dieser Mittagspause nicht mit den anderen in die Mensa gegangen, sondern hatte sich in die Bibliothek gesetzt, um vor dem Englischtest in der Fünften wenigstens einen Blick auf die unregelmäßigen Verben zu werfen. Wenn sie doch auch wie Lou ein paar Jahre in Kanada gelebt hätte! Es war so ungerecht! Ihre Cousine musste für Englisch überhaupt nichts tun. Im Gegenteil, in manchen Nächten träumte Lou sogar in Englisch! Noch vor wenigen Wochen hätte Lou auf Suaheli oder Mandarin träumen können – es wäre Motte einfach nur schnuppe gewesen. So wie ihr Lou überhaupt total schnuppe gewesen war und sie nichts unversucht ließ, um ihre lästige Cousine möglichst schnell loszuwerden. Wenn ihr damals jemand prophezeit hätte, dass sie und Lou Freundinnen werden würden – sogar beste Freundinnen – hätte Motte höchstens trocken gehustet.

Sie knabberte an ihrem Bleistift. Nun war die einstündige Mittagspause fast vorüber. In nicht einmal zehn Minuten kam Herr John, der Hausmeister, und würde abschließen. Und sie hatte noch nicht einmal die Hälfte der Verben geschafft! Mit finsterem Blick blätterte Motte eine Seite weiter und schrieb die nächsten Verben ab. *»See, saw, seen. Seek, saught, saught. Sing, sung, sung …«* Motte hielt inne und blickte wieder ins Buch. Mist! Das Simple Present von singen schrieb sich mit »a« und nicht mit »u«. Genervt strich sie das Wort durch und schrieb die Reihe neu auf. *»Sing, sang, sung.«* Im selben Moment ging ihr der erste Auftritt der Popkörner durch den Kopf. Der lag noch keinen Monat zurück. Lou schwärmte immer noch von dieser »Sternstunde«.

Motte dagegen hatte es als die »Begegnung mit dem Todesstern« abgespeichert. Sie hatte Lous Krächzen noch lebhaft im Ohr. Denn so schön ihre Cousine bei den Proben singen konnte, vor Publikum schlotterten ihr die Knie und ihre Stimme nahm Reißaus. Motte war kurz davor gewesen, von der Bühne zu flüchten, als urplötzlich Billie neben Lou am Mikro stand. Von einer Sekunde auf die andere war Lous Lampenfieber weggeblasen und sie hatte zusammen mit Billie ihren Song *Von einem andern Stern* gesungen. Ein kleines Lächeln huschte über Mottes Gesicht. Der Todesstern war haarscharf an ihnen vorbeigerauscht. Der Song war saucool! Nicht umsonst war *Von einem andern Stern* seit dem Schulfest auf allen Fluren Thema Nummer eins. Es gab nur einen klitzekleinen Haken bei der Sache: Billie! Motte nahm sich die nächste Verbenreihe vor. *»Sell, sold, sold.«* Es hatte eben alles seinen Preis.

Motte war so in ihre Vokabeln vertieft, dass sie kaum hörte, wie die Tür zur Bibliothek sich öffnete und ein Mädchen hereinschlüpfte. Sie war klein, trug ihr kinnlanges blondes Haar in einem stacheligen Minizopf und sah sich suchend um.

»Herr John ist nicht da«, flüsterte sie.

Hinter ihr schlüpfte ein zweites Mädchen hinein. Sie war einen guten Kopf größer, hatte braune Haare und versteckte etwas unter ihrem blau-weiß karierten Holzfällerhemd, das sie offen über ihrer Jeans trug.

»Sag ich doch.« Lou steuerte auf den Tisch zu, an dem Motte saß. »Wir haben dir was mitgebracht«, sagte sie und holte den Plastikbecher unter ihrem Hemd hervor.

Motte sah über ihre Schulter. »Lou? Rosa? Ich dachte, ihr habt mich vergessen.«

Lou nahm den Deckel von dem Becher und hielt ihn ihr hin. »Wir können unsere Keyboarderin doch nicht verhungern lassen.«

»Milchreis mit Kirschen!«, rief Motte begeistert, dann glitt ihr Blick suchend über den Tisch. »Aber wie …?«

»Tatatataaaa!« Rosa zog einen Löffel aus der Hosentasche.

Motte schnappte ihn sich und fiel heißhungrig über den Milchreis her. »Ihr seid fantastisch!«

»Ich weiß«, grinste Lou.

Rosa setzte sich auf die Tischkante. »Und, bist du mit Englisch fertig?«

Motte stopfte sich den nächsten Löffel in den Mund und rollte mit den Augen. »Nee, nur mit den Nerven!«

Lou klappte das Englischbuch zu. »Für heute ist Schluss.«

»Sagt mal, wisst ihr, wann wir Deutsch schreiben?« Rosa baumelte mit den Beinen. »David meinte irgendwas von Dienstag. Kann das sein?«

Motte verschluckte sich an dem Milchreis und hustete. »Dienstag?! Wir schreiben doch Donnerstag schon Mathe!«

Lou klopfte Motte auf den Rücken. »Stimmt trotzdem. Deutsch ist Dienstag und Mathe ist Donnerstag. Ist mal wieder der *Vor-den-Ferien-Wahnsinn.«*

»Allerdings«, stöhnte Motte, die die letzten Milchreiskrümel aus ihrem Becher kratzte. »Und ich muss auch noch dieses bescheuerte Referat über griechische Mythen halten!«

»Ach, Herr Wiese ist nicht so streng«, meinte Rosa.

»Du erzählst ein bisschen über Zeus und griechischen Wein und das war's«, versuchte Lou, sie aufzumuntern.

»Sicher, Lou«, sagte Motte. »Ich bringe Oliven und Zaziki mit und schon hab ich meine Zwei.«

Lou wollte gerade antworten, da flog die Tür der Bibliothek auf und ein rothaariges Mädchen wirbelte herein. »Ich fasse es nicht!« Billies rote Locken quollen unter ihrem frechen Hut hervor und zwischen ihren Augenbrauen stand eine steile Falte. »Das können die nicht machen!«, empörte sie sich. »Nicht mit MIR!«

Motte, Lou und Rosa wechselten einen Blick.

»Was ist passiert?«, fragte Lou.

»Zoff mit Johanna?«, erkundigte sich Rosa, die wusste, dass Billie sich häufiger mit ihrer älteren Schwester stritt.

Billie knallte ein gefaltetes Blatt Papier auf den Tisch. »Frau Schneider hat meinen Artikel abgenommen!«

»Billie«, stöhnte Motte. »Chill dein Leben!«

Lou faltete das Blatt auseinander. Es war der Artikel, den Billie für die Schülerzeitung geschrieben hatte: *Neue Mädchenband an der Lessing-Schule startet durch: Die Popkörner begeistern das Publikum mit ihrem ersten Song!* Natürlich hatte Billie dafür gesorgt, dass ein Riesenfoto von ihnen mit abgedruckt wurde.

Billie trommelte mit den Fingern auf dem Tisch.

»Ich berufe eine sofortige Krisensitzung der Popkörner ein!«

»Aber Frau Schneider räumt die Pinnwand doch jede Woche auf«, wagte Rosa sich vor.

»Und den Bericht über unser Konzert hat sie sogar zwei Wochen länger hängen lassen«, erinnerte Lou Billie.

»Kapiert ihr nicht?«, brauste Billie auf. »Wir müssen PRÄSENT sein! Wenn die Leute nicht wissen, wer wir sind, kommen sie nicht zu unserem nächsten Auftritt! Dann, dann vergessen sie die Popkörner wieder! Und wenn die blöde Schneider diesen Artikel nicht mehr aufhängen will, schreibe ich eben einen neuen! Ich könnte eine Reihe über uns machen. Wisst ihr, wo wir jede von uns vorstellen und ...«

»Pausentaste!«, schnitt Motte ihr das Wort ab. »Ich weiß nicht, wie Lou und Rosa darüber denken, aber *mir* ist nicht wichtig, was die anderen über die Popkörner denken. Ob es unsere Band weiter gibt, hängt doch nicht davon ab, ob wir an irgendeiner Pinnwand kleben, sondern ob wir Musik machen!«

Rosa nickte heftig. »Es geht um den Spaß. Gemeinsame Proben. Auftritte!«

»Ihr checkt es einfach nicht!«, stieß Billie hervor und sah zu Lou. »Das A und O ist die Pressearbeit! Wenn die nicht funktioniert, kannst du alles andere in die Tonne werfen.«

Lou faltete den Artikel zusammen. »Also ich finde, wenn Billie einen neuen Artikel schreiben möchte, ist das total lieb von ihr.«

Motte sah ihre Cousine verzweifelt an. »Louhou, bitte!«

»Ich dachte an eine Starporträt-Reihe!«, fuhr Billie unbeirrt fort. »Wir brauchen eine richtige Kampagne ...«

Doch dieses Mal schüttelte Lou den Kopf. »Nee, Billie, was wir brauchen, ist ein neuer Song!«

2. Song

Sechs Saiten und ein Ozean aus Tönen

Nachdem Lou in der Küche des Kutscherhauses ein großes Glas Apfelschorle runtergestürzt und ihrem Vater die Einladung zum Elternabend gegeben hatte, schnappte sie sich ihren Rucksack und kletterte die Leiter in ihr Zimmer hoch. Das Dachzimmer, das mit seinen knapp acht Quadratmetern eher einer Kammer glich, in die nichts als ein kleiner Schreibtisch, ein schmales Bett und ein eintüriger Schrank passten. Dieses Dachzimmer war Lous absoluter Lieblingsort. Von ihrem Schreibtisch aus konnte sie direkt zu Mottes Fenster in der Jacobi-Villa sehen und ihr vor dem Schlafengehen Botschaften mit der Taschenlampe zublinken. Das Gemütlichste aber war das verschnörkelte Bett, das Grandmère für sie auf dem Flohmarkt gekauft hatte. Es war das Schiff, mit dem Lou nachts über die Meere ihrer Träume segelte und auf dem sie tagsüber im Schneidersitz Gitarre übte. Lou stellte ihren Rucksack auf den Schreibtisch, machte ihn auf und holte ihr Deutsch- und Mathebuch heraus. Zwischen den Büchern steckte noch das Blatt, das Billie in die Bibliothek mitgebracht hatte. Lou faltete den Bogen aus-

einander und betrachtete das Foto, das über die ganze Breite des Artikels ging. Mottes Vater hatte es bei ihrem Auftritt gemacht. Rosa ließ die Sticks über das Trommelset wirbeln. Motte saß mit abwesendem Gesicht am Keyboard. Und sie selbst stand gemeinsam mit Billie vorn am Mikro. Wenn Lou an den Moment dachte, als sich der Knoten in ihrem Hals gelöst hatte und sie wieder singen konnte, bekam sie immer noch Herzklopfen. Lou blickte zur Wand neben ihrem Schreibtisch, an die sie ihre Lieblingsfotos aus Kanada gehängt hatte. Zwischen dem Foto mit der Orcafamilie und dem Bild von ihrer Blockhütte war noch Platz. Dort sollte das erste Popkörner-Bild hängen – als Beweis, dass sie sich nicht alles nur eingebildet hatte. Denn manchmal, wenn Lou mitten in der Nacht aus einem Traum erwachte, in dem sie mal wieder ganz allein auf einer Bühne stand und keinen Ton hervorbrachte, erschien es ihr absolut unwahrscheinlich, dass ausgerechnet sie, das Mädchen, das sogar im Schlaf Lampenfieber bekam, eine eigene Band gegründet hatte! Sie pinnte den Artikel an die schräge Wand. Aber genauso war es: Die Popkörner hatte sie nicht geträumt! Lou fühlte ein Prickeln in den Fingern. Ein erwartungsvolles Prickeln, das ihr genau sagte, was sie sich jetzt am meisten wünschte. Deutsch und Mathe konnten warten. Durch das Dachfenster schien die Sonne genau auf ihr Bett und malte einen einladenden Fleck auf die Tagesdecke. Draußen in der Krone der alten Kastanie ruhte sich ein Vogel vom Nestbau aus und zwitscherte leise zwischen den großen Blättern.

Genau danach war Lou jetzt auch. Sie wollte sich in ihr Nest kuscheln und Gitarre spielen. Die Gitarre, eine Gibson Sunburst, war Lous ganzer Stolz. Ihre Mutter hatte sie als junges Mädchen bereits secondhand bekommen und nun hatte sie das Instrument Lou zum zwölften Geburtstag geschenkt. Direkt unter dem Schallloch zogen sich zwei Kratzer über das honigfarbene Holz. Spuren einer wilden Vergangenheit. Vor vielen Jahren, als Lou noch nicht auf der Welt war, hatte ihre Mutter mit dieser Gitarre Konzerte gegeben, war mit ihrer Band durch Europa gereist und hatte an jedem Lagerfeuer von Lissabon bis Moskau gespielt. Als Lou sich im Schneidersitz auf ihr Bett setzte, fühlte sie das Gewicht der Gitarre, ihr langes Griffbrett und den geschwungenen Körper. Im Sonnenlicht lag die Gitarre still in ihren Händen. Lou griff den ersten Akkord und strich mit den Daumen über die Saiten. Sechs Saiten, die irgendjemand mit den Buchstaben E, A, D, G, H und E bezeichnet hatte. Ein Buchstabe pro Saite. Ein Buchstabe für jeden Ton, der als Welle von der Saite ausging, die sie zupfte.

Eine unsichtbare Welle, die kaum hörbar das Ohr kitzeln konnte wie ein Grashalm, oder zu einer Riesenwelle anwuchs, die Lou mitriss. Sie spielte die ersten Töne. Wie Seevögel glitten sie ruhig über das Wasser. Lou wechselte zu einem Akkord, dann noch einem und aus den sechs Saiten strömten bunte Klangwellen, schwappten um ihre Füße, streichelten ihren Bauch und wanderten den Rücken hoch, bis Lou das Gefühl hatte, weit draußen auf einem Ozean aus Tönen zu treiben.

»Lusi! Kohomm!«

Vor Schreck machte Lou einen kleinen Satz auf dem Bett nach hinten und stieß sich den Kopf an der Schräge. Die Idee, die noch vor einer Sekunde direkt vor ihrer Nase getrieben war, tauchte auf Nimmerwiedersehen ab. Lou sah zu dem Seeungeheuer, das sie vertrieben hatte: Ihr kleiner Bruder, Anton, der sie hinter seiner schief sitzenden Brille angrinste.

»Kleiner Hai, du schwimmst in gefährlichen Gewässern«, sagte Lou und rieb sich die schmerzende Stelle an ihrem Hinterkopf.

»In was für Wässern?«, fragte Anton und legte seinen Strickkäfer Kirk auf den Rand neben die Luke.

»Im Schwarzen Meer, in dem der Riesenkrake wohnt!«

»Lass das, Lusi. Das Spiel mag ich nicht.« Anton griff sich Kirk und kletterte die Leiter wieder runter.

»Warte«, rief Lou. Schnell legte sie ihre Gitarre zur Seite und beugte sich über die Luke. »Was ist denn?«

»Nix! Riesenpraken mögen keinen Erdbeerkuchen.«

»Erdbeerkuchen?«

»Onkel Oliver mag auch keine Kraken.« Schon war Anton unten im Flur angekommen und floh in Richtung Küche.

Lou ließ sich auf die Leiter hinuntergleiten und rannte ihrem Bruder hinterher. Auch wenn er sie gestört hatte, war es nicht fair, ihn so zu necken. Wegen seiner Behinderung lagen für Anton Wirklichkeit und Spiel noch enger zusammen als für andere Kinder, und wenn Lou ihm sagte, in ihrem Zimmer sei ein Riesenkrake, dann *war* in ihrem Zimmer ein Riesenkrake.

Lou bog gerade um die Ecke zur Küche, als ihre Mutter mit Onkel Oliver in den Flur trat. Wieder einmal fiel Lou auf, wie sehr die zwei einander ähnelten. Beide hatten große braune Augen, die von Lachfalten umgeben waren, beide hatten Grandmères schmale und gerade Nase geerbt und beide strahlten diese Wärme aus, die für die Jacobis so typisch war. Na ja, dachte Lou, zumindest für fast alle Jacobis.

»Ich kann dir gar nicht sagen, wie sehr du uns hilfst, Monika.«

»Ach, kein Problem«, lächelte Frau Blum ihrem Bruder zu.

Lou kam zum Stehen.

»Gehst du schon wieder?«, fragte sie ihren Onkel mit einem Anflug von Enttäuschung. »Anton meinte, wir essen zusammen Erdbeerkuchen!«

Onkel Oliver ließ sein ultradünnes Smartphone in die Innentasche seines Jacketts gleiten. »Der Kuchen ist für euch!«, lächelte er seiner Nichte zu. »Ich muss leider los.«

»Schaaade!«

Und mit einem Kuss auf die Wange seiner Schwester verließ ihr Onkel das Kutscherhaus.

Lou folgte ihrer Mutter in die Küche. Als Anton sie sah, rückte er seinen Teller ein Stück von ihrem weg. Lou zwinkerte ihm zu. »Der Krake ist weg!«, flüsterte sie.

Dann wandte sie sich zu ihrer Mutter. »Warum konnte Oliver nicht bleiben?«

»Er muss einen Geschäftspartner am Flughafen abholen.«

»Mmh.« Lou nahm sich ein Stück Kuchen.

Frau Blum sah zu ihrem Sohn. »Und er hat gefragt, ob du einverstanden bist, dass Till und Ole das Wochenende über bei uns übernachten.«

»Bei mir? In meinem Zimmer?«, fragte Anton mit vollen Backen.

»Wir haben noch zwei Isomatten unten in der Garage und Bettzeug können sie aus der Villa mitbringen. Was meinst du?«

»Ja!« Er hielt inne und sah zu Lou. »Du darfst auch bei mir schlafen.«

»Das ist lieb, aber danke.« Lou warf ihrer Mutter einen neugierigen Blick zu. »Wollen Onkel Oliver und Tante Vanessa ausgehen?«

Frau Blum schüttelte den Kopf. »Oliver hat das ganze Wochenende seine Partner aus den USA zu Besuch und Tante Vanessa fährt ja nach Venedig, zu dieser antiken Besteckmesse.«

Lou wusste, dass ihre Mutter die Leidenschaft ihrer Tante für altes silbernes Besteck genauso wenig verstehen konnte wie sie.

Lou piekste mit der Gabel die letzte Erdbeere auf. »Darf ich dann bei Motte schlafen?«

3. Song

Mütter sind unberechenbar

Motte starrte den Terminplan an, den ihre Mutter an die Kühlschranktür gehängt hatte. »Unmöglich!«, murmelte sie. Motte war sich absolut sicher. Als sie mit Lou, Billie und Rosa die nächste Bandprobe abgesprochen hatte, war dieser Freitag frei gewesen. Hundertpro! »Professor Dr. Dr. Rainer M. Wildersand stellt seine Meisterschüler vor«, las Motte. Sie war schon bei Hunderten solcher Vorspiele gewesen. Hoch motivierte Musikstudenten zeigten am Flügel ihr Können, während der jeweilige Dozent – je nach Temperament angespannt oder betont gelassen – danebensaß und sich Notizen machte. Motte lehnte sich gegen den Kühlschrank. Seit sie acht war, schleppte ihre Mutter sie zu solchen Veranstaltungen. Um ihr Gehör zu schulen und sie mit den Professoren bekannt zu machen, wie sie sagte. Motte schüttelte verärgert den Kopf. *Natürlich hat sie mich nicht gefragt, ob ich vielleicht etwas anderes vorhabe,* dachte sie grimmig. Solche Termine wurden angeordnet und Motte hatte sie zu befolgen.

»Mittwoch Mathenachhilfe!«

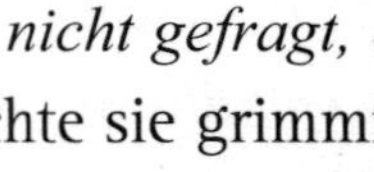

Aye-aye!

»Donnerstag Diktat vorbereiten!«

Schon erledigt!

»Freitag Klaviervorspiel in der Hochschule!«

Aber gerne!

Motte schlug mit der flachen Hand gegen den Kühlschrank. Hatte sie denn überhaupt keine Rechte? Sie stieß sich von der Tür ab. Nein, dieses Mal würde sie nicht machen, was ihre Mutter wollte. Morgen hatte sie Bandprobe und keine Macht des Universums, nicht einmal ihre Mutter, würde sie davon abhalten.

Mit festen Schritten und gesenktem Kopf steuerte Motte auf das Schlafzimmer ihrer Eltern zu. »Wenn sie glaubt, sie kann mir die Popkörner verbieten, hat sie sich geschnitten!« Sie stieß die Tür auf. Durch die hohen Fenster fiel die Nachmittagssonne auf das elegante Doppelbett und ließ die bestickte Seidendecke aufschimmern.

»Mama?«

Offenbar war ihre Mutter mit den Vorbereitungen für Venedig fast fertig. Die Reisetasche stand gepackt neben dem Schrank und über dem Stuhl lag die schneeweiße Kombi, die ihre Mutter für die Reise ausgesucht hatte. »Mama!«, rief Motte ungeduldig. Da hörte sie etwas aus dem Bad. Motte lauschte irritiert. Ihre Mutter sang!

»Semplicetta tortorella che non vede il suo periglio ...«

Zögernd klopfte Motte an und trat ins Bad. Ihre Mutter stand im Bademantel vor dem Spiegel und bürstete sich ihre nassen Haare. *»... per fugir dal crudo artiglio ...«*

»Mama, ich muss etwas mit dir besprechen.«

Frau Jacobi warf ihrer Tochter einen Blick durch den Spiegel zu.

»Kann das nicht noch eine Minute warten?«

Nein!, dachte Motte und presste ein »Geht ganz schnell!« hervor.

Ihre Mutter hielt im Bürsten inne. »Na, gut«, seufzte sie. »Was hast du auf dem Herzen?«

»Ich kann morgen nicht. Auf gar keinen Fall!«

»Auf gar keinen Fall, was?«, fragte Frau Jacobi.

»Frag mich doch wenigstens, ob ich Zeit habe!«

»Karlotta, könntest du mir bitte verraten, wovon du sprichst?«

»Von Professor Wildermann!«

»Professor *Wildersand.*«

»Von mir aus auch Wilderzwerg. Ich bin morgen mit Lou, Rosa und Billie zum Proben verabredet.« Motte schluckte und reckte ihr Kinn vor. »Die Probe sage ich auf keinen Fall ab!«

Ihre Mutter legte die Bürste auf die Ablage und drehte sich um. »Von der Probe wusste ich gar nichts.«

Nein, das hängte Motte absichtlich nicht an die große Glocke. »Du fragst ja auch nie!«

Zu Mottes Erstaunen nickte ihre Mutter leicht. »Ja, das hätte ich machen sollen.«

Motte fiel die Kinnlade runter. Wie bitte!? Frau Jacobi nahm den silbernen Föhn aus der Schublade. »Ich schicke Professor Wildersands Sekretärin eine SMS, dass du morgen nicht dabei sein kannst.« Sie lächelte ihrer Tochter zu, die sie noch immer fassungslos anstarrte. »Wenn wir einmal absagen, ist das schließlich kein Beinbruch.«

Motte klappte den Mund zu und schüttelte stumm den Kopf. Ihre Mutter sagte ohne großes Drama einen superwichtigen zukunftsweisenden Klaviertermin ab. Motte musterte sie verwirrt. War sie etwa krank?

An diesem Abend übernachtete Lou bei Motte. Nachdem ihre Mutter sich verabschiedet und mit dem Taxi in Richtung Bahnhof abgefahren war, machten sich die Mädchen sofort daran, Till und Ole beim Umziehen zu helfen. Bettdecken und Kissen, DVDs und Kuscheltiger, Ranzen und Sporttaschen wurden verfrachtet und gemeinsam mit Lous Vater in das Kutscherhaus gebracht. Bis Mottes Mutter aus Venedig zurückkam, sollten die Zwillinge bei Anton wohnen.

Motte boxte ihr Kissen zurecht und schob ihre Hand in den Spalt zwischen Bettrahmen und Matratze. »Vier Tage eine *Kleine-Brüder-freie-Zone!* Das müssen wir feiern.«

Lou rutschte vom Fensterbrett und kam zu Motte auf das breite Himmelbett. »Die Zwerge haben gerade das Licht ausgemacht.«

»Süße Träume, ihr Monster!«, rief Motte und steckte ihre Hand noch tiefer in den Spalt. Da, endlich bekam sie die glatte Packung zu fassen.

»Sie werden schlafen wie Steine«, sagte Lou. »Pa hat sie den ganzen Nachmittag über den Fußballplatz gescheucht.«

Motte drehte sich zu Lou und wedelte mit der Tafel Schokolade. »Vollmilch-Cornflakes, magst du?«

Lou nahm sich ein Viererstück. »Hiermit eröffne ich offiziell die Pyjama-Party!«

Motte legte sich zurück aufs Kissen und lutschte ein Stück Schokolade. »Morgen noch einmal Schule und dann ist endlich Wochenende!«

»Ausschlafen«, seufzte Lou wohlig.

»Frühstück im Schlafanzug«, sagte Motte.

»Im Bett!«, ergänzte Lou.

»Den ganzen Nachmittag Filme gucken«, fügte Motte der Wunschliste hinzu.

»Oh, ja!«, nickte Lou. »Und außerdem können wir in Mas alten Songbüchern stöbern und alle Ideen aufschreiben, die uns für unseren neuen Song einfallen!«

Motte brach zwei weitere Riegel von der Schokolade ab. »Ja, und Grandmère beim Ausräumen der Garage helfen.«

Während sie sich ausmalten, welche Familienschätze sie in der Garage des Kutscherhauses wohl finden würden, wurde es draußen dunkel und die Schokolade schmolz auf einen letzten Krümel zusammen.

Lou kletterte aus dem Bett. »Ich geh Zähne putzen.«

Motte drehte sich auf den Bauch und sah zu ihrer Cousine. »Weißt du, es war fast ein bisschen unheimlich.«

»Was denn?«

»Sie hat gesungen! Im Bad!«

Lou blieb für einen Moment die Luft weg, dann lachte sie. »Vielleicht gründet deine Mutter ja ihre eigene Band!«

»Quatsch!«, widersprach Motte. »Das wäre unter ihrem Niveau.«

»Aber sie hat den Termin bei diesem Klavierguru abgesagt«, erinnerte sie Lou.

Motte machte ein ratloses Gesicht. »Das gab's noch nie.«

Lou ging zur Tür hinüber. »Sie merkt eben, wie wichtig dir die Popkörner sind.«

Motte zog eine Grimasse. »Wenn deine Mutter dir plötzlich alles erlaubt, fändest du das nicht gruselig?«

»Gruselig? Nein! Ich fänd es toll.«

Motte gab ein undefinierbares Geräusch von sich und kam aus dem Bett. Unten wurde die Haustür der Villa aufgeschlossen. Sofort knipste Motte ihre Nachttischlampe aus.

»Papa kommt zurück«, flüsterte sie.

Aus dem Erdgeschoss waren Stimmen zu hören.

»Und Grandmère«, antwortete Lou leise.

Motte öffnete die Tür einen Spalt.

Ihr Vater hängte seine Jacke an die Garderobe.

»Und es gibt tellement keine andere Möglichkeit, Oliver?«, fragte Grandmère.

Herr Jacobi antwortete mit belegter Stimme. »Du weißt, dass wir inzwischen ein internationales Unternehmen sind.«

»Ich weiß, dass die Geschäftswelt sich verändert hat. Aber deine Familie ist hier und nicht …«

Wie die Unterhaltung weiterging, konnten die Mädchen nicht mehr hören, denn Herr Jacobi und Grandmère verließen den Flur.

Motte blickte zu Lou. »Ich glaube, Grandmère macht sich Sorgen um Papa. Er ist in letzter Zeit nur noch unterwegs.«

»Es sind bald Ferien«, sagte Lou.

Die zwei gingen den Flur zum Bad hinunter.

»Ich wünschte mir einfach, Papa wäre jetzt häufiger für uns da«, sagte Motte.

4. Song

Billies Starporträt und ein gurgelnder Brille

Am nächsten Morgen noch vor der ersten Stunde zog Billie Rosa mit in den Flügel der Schule, in dem die Oberstufe untergebracht war. »Yep, das ist es!«, sagte sie und drückte Rosa die Kamera in die Hand. Für ihre Reihe über die Popkörner brauchte sie von jedem Popkorn ein neues Foto und da sie die Starporträt-Reihe eröffnete, war es nur logisch, dass Rosa von ihr ein paar Bilder schoss. Bevor es allerding losgehen konnte, zog Billie ihr kirschrotes Lipgloss aus der Hosentasche. »Sooo.« Großzügig verteilte sie das Gloss auf ihre Lippen, wuschelte durch ihre Locken und lehnte sich so lässig gegen eines der hohen Schließfächer, als sei es ihr eigenes.

Rosa zoomte sie mit dem Objektiv heran. Billie atmete tief ein, machte ihre grünen Augen weit auf, senkte das Kinn ein wenig und lachte selbstsicher.

Rosa ließ die Kamera sinken. »Du hast was Rotes an den Zähnen.«

Billie wischte über ihre Schneidezähne. »Weg?«

Rosa nickte und trat zwei Schritte zurück. Keine zwei Sekunden später leuchtete der Blitz auf: Billie blinzelte

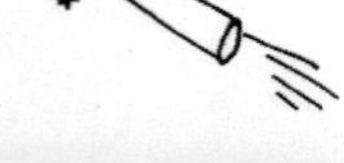

kess in die Kamera. Billie schüttelte ihren Kopf, sodass die Locken in alle Richtungen flogen, als tanzte sie wild über die Bühne. Billie klappte ihr Notizbuch auf und tat so, als würde sie gerade wahnsinnig über ein neues Lied nachdenken, bis plötzlich Motte und Lou durch das Treppenhaus nach oben kamen.

»Hey, hier seid ihr!«, begrüßte Lou sie.

»Was wird denn das für eine Nummer?«, fragte Motte und sah zwischen Rosa und Billie hin und her.

»Wir machen Fotos für unsere Popkörner-Porträts«, erklärte Rosa.

In diesem Moment tänzelte Billie auf Motte zu und strich ihr über die Wange. »Oh, Süße. Mit diesem Kissenabdruck im Gesicht können wir von dir heute kein Foto machen.« Sie warf einen Blick zu Lou. »Uups, du siehst ja auch aus wie eine kleine Schildkröte. Schlecht geschlafen?«

Lou unterdrückte ein Gähnen. »Nur eine Pyjamaparty bei Motte.«

Billie holte drei Bögen aus ihrem Rucksack und verteilte sie an Rosa, Lou und Motte. »Na, wenn ihr wieder unter den Lebenden weilt, könnt ihr euch den Steckbrief mal ansehen.«

Während Lou und Rosa begannen, die Fragen des Steckbriefs zu überfliegen, ließ Motte ihren kommentarlos in der Tasche verschwinden.

»Jedes Starporträt besteht aus einem Steckbrief und einem Bild. Montag kommt meiner raus!«, verkündete Billie.

»Hast du deinen schon fertig?«, staunte Lou.

»Worauf du wetten kannst«, sagte Motte trocken.

»Zeig mal!«, drängelte Lou.

Ohne zu zögern, kramte Billie einen Zettel aus ihrer Tasche und las laut vor:

STAR PORTRÄT 1

Name: *Sander*
Vorname: *Billie*

»Heißt du nicht Sybille?«, unterbrach sie Motte.

»Ich weiß ja wohl am besten, wie ich heiße!«, konterte Billie und fuhr fort:

Wohnort: *Rosenwinkel 42*
Geburtstag: *6. März 2000*
Sternzeichen: *Fisch (Kennt ihr ja)*
Größe: *1,50 m*

»Von wegen«, knurrte Motte.

»Pst! Lass sie doch«, ermahnte Lou ihre Cousine. Billie las weiter:

Gewicht: *Ratet mal!*
Hobbys: *Singen, schreiben und jeden Tag Party machen.* PARTY
Erster Kuss: *Noch nicht lange her. Sehr, sehr süß.*
Beziehungsstatus: *Frei wie der Wind.*
Mein größtes Laster: *Hubbabubba-Kaugummi.*
Beschreibe dich mit wenigen Worten: *Kreativ, lustig, schlagfertig und glamourös.*
Wichtigster Moment in meinem Leben: *Als ich die Popkörner gründete!*

Motte schnappte nach Luft.

»Aber, aber Billie ...«, setzte Rosa an. »Das stimmt doch so nicht.«

»Und wennschon«, gab Billie mit einer großzügigen Geste zu. »Jede Band braucht eine Legende und ...«

»... deshalb schreibst du bitte, dein größter Moment war, als die Popkörner dich freundlicherweise in ihre Band aufgenommen haben«, beendete Motte den Satz für sie.

Ehe Billie noch zu einer Erwiderung ansetzen konnte, sorgte das Läuten zum Beginn des Unterrichts für eine Feuerpause.

»Die zwei sind wirklich wie Nitro und Glyzerin«, flüsterte Rosa Lou zu.

»Wenn die eine nur nicht immer alles in den falschen Hals bekäme, was die andere sagt, würden sie sich bestimmt wunderbar verstehen«, sagte Lou.

Während Lou und Rosa sich weiter leise unterhielten, trotteten Motte und Billie schweigend hinter ihnen her zurück zur Klasse.

Die Tür war nur angelehnt. Obwohl der Unterricht noch nicht begonnen hatte, war es im Klassenzimmer verdächtig still. Motte warf ihren Freundinnen einen fragenden Blick zu, dann schob sie die Tür auf.

Alle Augen waren auf die vier Mädchen gerichtet. Lou und Motte, Rosa und Billie sahen sich neugierig in der Klasse um. Antonie und Lisa kicherten. Die Jungs saßen mit verschränkten Armen vor dem Fenster, als warteten sie auf etwas.

Lou sah zu Motte. »Was ist hier denn los?«

Motte ließ ihren Blick über die Jungs wandern, in deren Mundwinkeln es zuckte. »Ich habe keinen Schimmer!«, sagte sie und ließ sich auf ihren Platz fallen. »Ich will es auch gar nicht wissen.«

Inzwischen hatten Josch, David und Brille ihre Trinkflaschen hervorgeholt und nahmen gleichzeitig einen kräftigen Schluck. Billie zog amüsiert die Stirn in Falten. »Wie niedlich, Synchrontrinken.«

Da fingen die Jungs an zu gurgeln. Sie gurgelten ein Lied! Brille verschluckte sich sofort und musste so lachen, dass ihm seine gelbe Mütze über die Augen rutschte. David schaffte es ein paar Sekunden länger, doch dann bekam auch er einen Lachanfall und das Wasser lief aus seiner Nase.

»Iiiiieh!«, kreischte Billie, denn das Wasser aus Davids Nase war auf ihren und Rosas Tisch gespritzt.

»Vorsicht, nasser Pudel schüttelt sich!«, warnte Lou.

Unter diesem Bandnamen hatten die drei Jungs beim Schulfest gerappt – allerdings ohne eine Überschwemmung anzurichten.

»Aufhören!« Rosa rückte vom Tisch ab.

»Erst wenn ihr uns sagt, welches Lied es ist!«, forderte Brille, während Josch fröhlich weitergurgelte.

Lou versuchte, aus dem Geglucksе eine Melodie herauszuhören. »Das klingt wie unser Wasserkocher«, sagte sie und zuckte die Schultern.

»Warte mal.« Motte blickte zu Josch. Er schien gerade eine Zeile zu wiederholen. Und unter dem Blubbern war etwas, das sie kannte. Klar, Josch gurgelte ihren Song! »Von einem andern Stern!«, platzte sie heraus.

Josch schluckte und holte Luft. »Das hat aber gedauert!«

»Applaus für den Meister?«, japste Brille begeistert und grinste Billie an.

»Ihr Meister könnt mal ganz fix den Tisch abwischen!«, erwiderte Billie genervt und zeigte auf die Pfütze vor Rosa.

Brille stieß Josch in die Seite. »Hat Billie etwas gesagt? Ich glaube, sie hat den Mund bewegt.«

Josch grinste verschmitzt. »Also, ich hab nichts gehört!« Er wandte sich zu David. »Du?«

Jetzt sahen sie, dass ihr Kumpel mehrere grüne Blätter aus dem Papierspender neben dem Waschbecken zog und zum Mädchentisch ging. »Hey, Alter – was wird das denn?«, fragte Brille.

»David sammelt Pluspunkte bei Billiemaus«, setzte Josh nach.

David zuckte nur die Schultern und begann, den Tisch trocken zu wischen.

»Na, danke jedenfalls«, sagte Billie und holte das Netbook aus ihrer Tasche.

Dann betrat Herr Purps, ihr Englischlehrer, die Klasse und die Stunde begann.

Crazy ABOUT MUSIC

5. Song

Ein Raumschiff namens CÄM

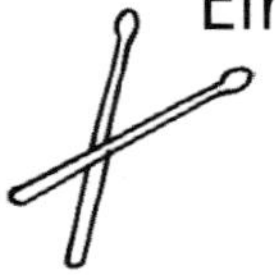

Eine 3+!« Sie hatte im Englischtest tatsächlich eine 3+ geschafft! Ausgelassen hüpfte Motte neben Lou die Stufen vor dem Schulportal hinunter. »Und ich dachte immer, ich bin die totale Niete in Englisch.«

»Quatsch, du bist doch keine Niete!«, sagte Lou.

Sie blieben auf dem Weg stehen.

»Hat sich das Pauken in der Bibliothek wenigstens mal gelohnt!« Motte grinste.

Lou setzte zu einer Antwort an, als sie von hinten angerempelt wurde.

»Tschuldigung!«, murmelte das Mädchen und rannte hastig an ihnen vorbei.

»Rosa?«, sagte Lou.

»Was ist denn mit der los?«, fragte Motte.

Sie sahen ihrer Freundin nach, die mit hochrotem Kopf auf die Fahrradständer zueilte.

»Rooosa! Wo willst du hin? Bist du auf der Flucht?«, rief da hinter ihnen eine Stimme. Es war Billie. Rosa beugte sich so tief über ihr Fahrradschloss, dass ihre glühenden Wangen ganz hinter den Haaren verschwanden.

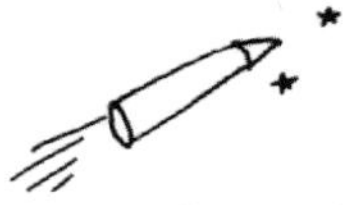

»Ich muss vor unserer Bandprobe noch was erledigen«, stammelte sie und stieg auf ihr Rad. Doch ehe sie losfahren konnte, standen Billie, Lou und Motte neben ihr.

»Rosa hat ein Geheimnis«, posaunte Billie laut. »Sie will mir nicht sagen, was sie vorhat.«

»Quatsch«, widersprach Rosa. »Ich muss mir neue Sticks kaufen und fahr zu *CÄM.«*

»CÄM? Ist das dein neuer Freund?«, fragte Billie und musterte ihre Freundin neugierig. »Kennt ihr CÄM?«, wandte sie sich an Motte und Lou.

Motte schüttelte den Kopf. »Nie gehört.«

»Ich auch nicht«, sagte Lou.

Rosa holte tief Luft. »Das, das ist ein Musikgeschäft. Ich war dort auch noch nie. Es soll riesig sein, megagigantisch und CÄM steht für *Crazy About Music«,* erklärte sie mit fester Stimme.

»Verrückt nach Musik?«, übersetzte Motte.

Lou nickte.

»Das klingt toll«, sagte Lou. »Wollen wir nicht alle gemeinsam hinfahren? Oder hast du was dagegen?«

Rosa schüttelte den Kopf. »Nein, ich fänd's super, wenn wir als Band hinfahren.« Sie blickte in die Runde. »Habt ihr denn Zeit?«

Billie zog eine Schnute. »Hanni und ich wollten an die Wii, aber ...«

»... die läuft euch ja nicht weg«, meinte Lou. »Und du?«, sie drehte sich zu Motte.

»Ich muss zur Bücherhalle im Einkaufszentrum. Für das Zaziki-Referat.«

»Motte wird voll zur eifrigen Biene«, spottete Billie.

»Dann pass mal lieber auf, dass ich dich nicht steche!«, brauste Motte auf.

»Schaffst du es denn zur Probe?«, fragte Lou.

»Logisch.« Motte verstaute die Tasche in ihrem Korb.

Die vier Mädchen wollten gerade losradeln, als ein großer Junge von der anderen Seite der Fahrradständer auf sie zukam. Seine blonden Haare hingen ihm im Gesicht und die Hände hatte er tief in den Hosentaschen vergraben. »Lou, warte mal!«, rief Felix.

Lou entdeckte ihren Gitarrenlehrer und hüpfte vom Fahrrad. Felix war Joschs großer Bruder, er ging in die Neunte und spielte in der Schulband, den Fjordies, mit. Normalerweise nahm Felix nur Gitarrenschüler ab der Siebten. Aber bei Lou hatte er eine Ausnahme gemacht. Darüber war Billie so sauer gewesen, dass sie Lous Traumtagebuch in die Elbe gepfeffert hatte. Zum Glück hatte Lou es gerade noch aus dem Wasser retten können. Nur benutzen konnte sie es leider nicht mehr, deshalb hatte sie sich inzwischen ein neues zugelegt.

»Ich hab mitgekriegt, dass ihr zu CÄM wollt?«, fragte Felix.

»Wir wollen uns ein bisschen umschauen«, nickte Lou.

»Nach neuem Equipment«, sagte Billie lässig und trat einen Schritt auf Felix zu.

Motte und Rosa warfen sich einen vielsagenden Blick zu.

»Ah, cool.« Felix blickte wieder zu Lou. »Könntest du mir den Junikatalog mitbringen? Der müsste gerade rausgekommen sein.«

»Gerne«, versprach Lou.

»Coool!«

»Ich fang nach den Sommerferien übrigens mit Gesangsunterricht an.« Billie strahlte Felix weiter an. »Falls die Fjordies mal eine neue Sängerin brauchen, weißt du ja, wo du mich findest.«

»Ja sicher«, sagte Felix, drehte sich um und tippte sich noch einmal grüßend an die Stirn.

Lou und Rosa fassten links und rechts nach Billies Armen. »Du bist *unsere* Sängerin!«

»Wie heißt es so schön«, sinnierte Motte grinsend. »Reisende soll man nicht aufhalten.« Sie stieg auf ihr Rad. »Bis später!«

Nachdem Lou und Billie zu Hause Bescheid gesagt hatten, fuhren sie mit Rosa in Richtung Innenstadt. Der Weg von der Lessingschule bis zum Musikgeschäft dauerte nur zwanzig Minuten, sodass die drei Mädchen ihr Ziel schnell erreichten. Vor ihnen ragte der massive Betonbau auf, der im Zweiten Weltkrieg als Bunker gedient hatte – das hatte Rosa zumindest auf der Homepage von CÄM gelesen. Lou schätzte, dass er weit über zwanzig Meter hoch war.

»Wir sind da«, sagte Rosa und hielt an.

Lous Blick wanderte die steilen grauen Wände hoch. »Sieht aus wie ein Raumschiff aus einer anderen Zeit.«

»Ein richtiger Betondino«, nickte Rosa. »Daneben fühlt man sich wie eine Ameise.«

Billie sah sich suchend um. »Und wo ist der Laden? Es gibt ja nicht einmal Schaufenster!«

Rosa schob ihr Rad weiter. »Vielleicht ist der Eingang hinten.«

Nachdem sie das Gebäude einmal erfolglos umrundet hatten, zeigte Lou schließlich auf eine unscheinbare Tür, neben der die Namensschilder verschiedener Büros angebracht waren: »Das scheint die einzige richtige Tür zu sein. Nur von CÄM ist keine Spur.«

»Vielleicht ist das Schild drinnen«, meinte Rosa unsicher.

»Und für diesen Flop hab ich meinen Nachmittag an der Wii sausen lassen«, stöhnte Billie.

Lou hielt ihr die Tür auf. »Jetzt wart doch mal ab.«

Gemeinsam betraten sie den Bunker. Vor ihnen im Halbdunkel lag ein gewaltiges Treppenhaus. Und direkt geradeaus, eine Treppe über ihnen, blinkte ihnen in roten Lettern CRAZY ABOUT MUSIC entgegen.

»Da ist es!«, rief Rosa erleichtert.

Die drei liefen die Treppe hoch, bis sie direkt unter den pulsierenden Buchstaben und einem großen Übersichtsplan standen.

»Schlagzeuge sind im zweiten Stock, E- und A-Gitarren im Erdgeschoss und die Mikros und Verstärker im U1«, las Billie vor. »Ich finde…«

»Lasst uns in der Schlagzeugabteilung anfangen«, rief Rosa und lief die Treppe in den zweiten Stock hoch.

Lou musste über Billies verdutztes Gesicht lachen. »Du weißt doch, wenn es ums Trommeln geht, ist Rosa nicht zu bremsen.«

Als sie die Schlagzeugabteilung betraten, leuchtete

Rosas Gesicht auf. »Das ist sooo aufregend!«, wisperte sie Lou zu.

Staunend schlenderten die Mädchen durch die Halle: Da gab es akustische Schlagzeugsets, mit buntem Stoff bezogene Trommeln, E-Drums auf verchromten Metallständern, Schellenringe, die kaum größer waren als ein Armreif, Tamburine und Kuhglocken, feine silberne Trommeln mit eingestanzten Mustern und große mächtige Kongas, Cajons und Rasseln in den verschiedensten Formen.

»Seht mal, der Osterhase war auch hier«, sagte Lou und griff nach einem der roten Eier in einem Korb. Als sie es schüttelte, machte es ein rasselndes Geräusch.

Billie nahm sich auch eins. »Du bist ihren Regeln stets treu geblieben«, begann sie zu singen und rasselte dazu den Rhythmus.

»Hast ihnen blind vertraut«, stimmte Lou mit ein.

»Sie waren dein Kompass, dein Halt und dein Schutzschild ...«

In diesem Moment hörten sie einen Juchzer, der aus Richtung der Kasse kam. Dort stand Rosa, sprang von einem Fuß auf den anderen und gab ihnen aufgeregt Zeichen, sofort zu ihr zu kommen. »Das müsst ihr sehen!«

»Wooooh, die ist ja echt aus dem Häuschen«, grinste Billie.

Lou nahm sich noch zwei Eier aus dem Korb. »Rosa und Motte brauchen auch so eins.«

Als sie die Kasse erreichten, beugte Rosa sich vollkommen versunken über den Tresen und betrachtete die Fächer, die die dahinterliegende Wand bedeckten. Es waren an die hundert Fächer, in denen jeweils eine andere Sorte Sticks lagerte.

»Das ist ja wie in Ollivanders Zauberstab-Laden«, wunderte Lou sich und las die Beschriftungen, die in kleinen Buchstaben unter den Fächern angebracht waren.

»Schon entschieden?«, fragte der junge Verkäufer, der hinter seinem Computer auftauchte.

Rosa schüttelte stumm den Kopf.

»Wir haben unsere eigene Band«, flötete Billie sofort. »Unsere Drummerin übt zurzeit auf einem akustischen Schlagzeug.«

»Billie, das ist doch egal!«, raunte Rosa ihr zu.

Lou bemerkte, wie Rosas Wangen schon wieder rot aufleuchteten.

»Spielst du mit Holz- oder Nylonsticks?«, wollte der Verkäufer wissen.

»Äh, Holz«, erklärte Rosa zögerlich.

Lou hatte bis eben nicht einmal gewusst, dass es etwas anderes als Holzsticks gab.

Der Verkäufer drehte sich um. »Die Pro Drums sind bei Anfängern sehr beliebt.« Er zog zwei Paar Sticks aus dem Regal. »Es gibt sie in Nuss oder Ahorn.«

»Nuss und Ahorn«, wiederholte Rosa. »Und was kosten die?«

»8,50.«

Rosa nahm das helle Paar, um zu spüren, wie sie in der Hand lagen.

»Oder du probierst die Power Sounds. Die sind ganz neu.« Er legte ein weiteres Paar auf den Tisch. »Die kosten allerdings einen Zehner.«

Fünf Minuten später betraten die drei Popkörner im Erdgeschoss die Gitarrenabteilung. Jede von ihnen hatte schon etwas Großes gesehen: Billie den Kölner Dom. Rosa die Towerbridge in London und Lou war mehrmals in den Rocky Mountains gewandert – aber dieser Gitarrentempel übertraf alles. Auf mehreren Galerien standen Gitarren aus aller Welt, akustische Gitarren, E-Gitarren, Westerngitarren, E-Bässe mit Mangamotiven. Lou wusste nicht, wo sie zuerst hinsehen sollte, und ließ sich überwältigt neben Billie und Rosa auf das schwarze Ledersofa mitten im Raum fallen.

»Das, das ist… atemberaubend!«

»Hammer!«, nickte Rosa.

»Ich hab immer gedacht, Gitarre ist Gitarre« sagte Billie. »Und jetzt seht euch das an. Das sind doch mindestens so viele verschiedene Gitarren, wie es Lipglossfarben gibt.«

»… Lipgloss?«, fragte Lou verwirrt.

Rosa quiekte los. »Eines der drei Dinge, die Billie auf eine einsame Insel mitnehmen würde.«

Billie runzelte die Augenbrauen. »Hey, wie meinst du das?«

Ehe die zwei sich kabbeln konnten, zeigte Lou auf ein Mädchen, das gerade eine neongrüne E-Gitarre in den Verstärker stöpselte, Kopfhörer aufsetzte und mit geschlossenen Augen eine schnelle Akkordfolge spielte. »Seht mal, was für eine schräge Gitarre die ausprobiert!«

Billie und Rosa blickten zu dem Mädchen hinüber. Billie schlug sich die Hand vor den Mund. »Habt ihr die Haare gesehen?«

»Ziemlich blau«, nickte Lou.

»Das hat Punk!«, sagte Rosa bewundernd.

Billie schüttelte den Kopf. »Wenn du mich fragst, sieht sie aus wie eine wandelnde Nivea-Dose.«

»Ich frag dich aber nicht«, sagte Rosa.

»Pscht, wenn sie nicht spielt, kann sie uns hören«, warnte Lou.

Rosa drehte sich zu Billie. »Sie ist Musikerin. Sie kann jede Farbe des Regenbogens tragen. Sie ist vollkommen frei!«

»Mach dir doch auch blaue Haare, wenn es dir so gut gefällt«, gab Billie zurück. Sie musterte Rosa für einen Moment. »Könnte dir sogar stehen.«

Rosa stand auf. »Vielleicht mach ich es. Das wäre doch total verrückt!«

Als die drei wieder draußen vor dem Bunker standen, mussten sie feststellen, dass das Musikgeschäft offenbar in einer anderen Zeitzone lag. Fast zwei Stunden waren sie durch die vollgepackten Schatzkammern gestromert und hatten dabei total vergessen, dass sie um vier mit Motte zur Probe verabredet waren.

Es war bereits zwanzig Minuten nach vier, als sie den

Schulhof völlig aus der Puste erreichten und direkt vor dem Musiktrakt von den Rädern sprangen.

»Nächste Woche müssen wir unbedingt mit Motte zu CÄM!«, sagte Lou und sah sich nach ihrer Cousine um. »Das wird sie umhauen.«

»Wo ist sie eigentlich?« Billie ließ ihren Blick über den Schulhof schweifen.

»Ob sie schon wieder weg ist?«, fragte Rosa.

Lou schüttelte den Kopf. »Sie hat sich bestimmt den Schlüssel vom Hausmeister geholt.«

Doch Lou irrte sich. Motte hatte den Schlüssel nicht beim Hausmeister abgeholt. Sie hatte den Probenraum nicht geöffnet. Etwas war dazwischengekommen, etwas, das Motte nicht verstand.

6. Song

Warum Glück leichter ist als Luft und eine Fata Morgana sich in die Stadt verirrt

Die gläsernen Türen des Einkaufzentrums standen weit offen. Draußen auf dem Bürgersteig saß ein Straßenmusiker und spielte Akkordeon. Motte hörte die Melodie schon, als sie noch durch die kunstlichtbeschienene Halle ging. In ihrer Tasche befanden sich die drei Bücher, die sie über griechische Sagen erbeutet hatte, und Grandmères Versprechen, ihr mit dem Referat zu helfen. Als Motte aus dem Einkaufscenter trat, kniff sie die Augen zusammen. Die Junisonne schien ihr mitten ins Gesicht und sie hatte Lust zu lachen. Dieser Nachmittag gehörte ihr! Das ganze Wochenende gehörte ihr! Seit ihre Mutter ihr am Vortag erlaubt hatte, zur Bandprobe zu gehen, fühlte Motte sich so leicht wie schon ewig nicht mehr. Sie hatte nicht erwartet, dass sie die Bücher so schnell finden würde, doch glücklicherweise standen die besten Titel, die es in der Bücherhalle über die griechische Antike gab, alle im Regal. Und weil alles so gut funktioniert hatte, war Motte kurz entschlossen zum Infotresen gegangen und hatte die Bibliothekarin nach einem Stadtplan gefragt, um sich den kürzesten Weg zu CÄM herauszusuchen. Die Bibliothekarin hatte zwar keinen Stadtplan, aber dafür kannte sie das Musikgeschäft und wusste, dass es eine direkte Busverbindung dahin gab. Wenn Motte sich beeilte, konnte sie es noch rechtzeitig vor der Probe zu *Crazy About Music* schaffen und die anderen dort abholen. Außerdem konnte sie sich dann auch gleich nach Noten umsehen, die es in dem Musikaliengeschäft, in dem sie mit ihrer Mutter immer einkaufte, nicht gab: Pop, Rock und all das, was bei ihrer Mutter auf der Schwarzen Liste stand.

An der Bushaltestelle stand ein Vater mit seiner Tochter, die einen roten Ballon an einem langen Band hielt. Als Motte an der Haltestelle ankam, zog das Mädchen an dem Band, sodass der Ballon in der Luft tanzte, und lachte Motte an. Motte lächelte zurück. Und genauso überraschend wie der Bus von links kam, wusste sie plötzlich, dass heute so ein Tag war – ein Tag, an dem das Herz so leicht ist, dass es fliegen kann.

Beschwingt stieg Motte vorne in den Bus, um sich eine Fahrkarte zu kaufen. Aus den Augenwinkeln sah sie den Vater mit seiner Tochter. Sie hatten keinen Sitzplatz gefunden und standen dicht an den Türen. Irgendetwas schien der Kleinen nicht zu gefallen. Motte bemerkte, wie das Mädchen immer wieder an dem weißen Band zog. Das Band war straff gespannt, und als Mottes Blick aus dem Fenster fiel, entdeckte sie den roten Ballon draußen. Ohne dass der Vater es bemerkt hatte, war der Ballon an den Türen hängen geblieben. Als der Bus anfuhr, wurde er vom Fahrtwind erfasst und nach hinten gerissen. Motte schob sich zum Busfahrer durch. »Entschuldigung!«

»Was ist, junges Fräulein?«, fragte der Busfahrer, ohne sie anzusehen.

»Bei der Hintertür ist ein Ballon eingeklemmt und wenn Sie weiterfahren, reißt er ab.«

Der Fahrer warf einen prüfenden Blick in den Seitenspiegel.

»Tatsächlich!«, sagte er verwundert, bremste ab und hielt.

Mit einem Zischen öffneten sich die Türen und der Vater, der inzwischen das Unglück seiner Tochter bemerkt hatte, zog den Ballon herein. »Vielen Dank!«, rief er durch den Bus.

Der Busfahrer blickte Motte durch seine runde Brille an. »Sehr gut gemacht!« Er ließ den Bus wieder anrollen. »So einen schönen Ballon darf man nicht verlieren.«

An der nächsten Station wurde ein Platz frei und Motte setzte sich ans Fenster. Sie fuhr selten mit dem Bus. Zu den Klaviervorspielen wurde sie von ihrer Mutter gefahren, und wenn sie allein unterwegs war, nahm sie lieber das Rad. Motte sah sich im Bus um. Fast alle Plätze waren besetzt. So eine Busgesellschaft hatte etwas Seltsames. Für ein paar Stationen saß und stand man dicht zusammen, fuhr in dieselbe Richtung, hatte vielleicht sogar dasselbe Ziel. Und doch sprach niemand miteinander und jeder war ganz in seine eigene Welt versunken.

Zunächst beachtete Motte das schmale Hotel, das auf der anderen Straßenseite lag, nicht. Erst als der Bus an einer Ampel hielt, fiel ihr das Taxi mit dem aufgeklappten Kofferraum ins Auge. Motte legte unwillkürlich die rechte Hand gegen die kühle Busscheibe. Hinter dem Taxi stand eine Frau, die Motte den Rücken zuwandte und auf jemanden zu warten schien. Sie trug einen schneeweißen taillierten Hosenanzug und über ihre Schultern fiel das dunkle Haar in einer perfekten Welle. Motte kniff die Augen zusammen. Das konnte doch nicht sein. Hatte ihre Mutter etwa eine Doppelgängerin? Motte ließ die Frau nicht aus den Augen. Nun ging sie einige Schritte auf das Hotel zu. Motte hätte schwören können, dass es tatsächlich ihre Mutter war. Genau so bewegte sie sich! Aber ihre Mutter war gestern mit dem Nachtzug zum großen Sommertreffen der *Amicis Argentum* nach Venedig gefahren. Sie konnte gar nicht hier vor dem Hotel stehen.

In diesem Moment kam ein Mann aus dem Hotel. Mit der einen Hand zog er einen kleinen silbernen Koffer, mit der anderen nahm er die Frau am Arm. Motte wusste nicht, was sie scheußlicher fand: seinen cremefarbenen Angeber-Hut oder den roten Schal, den er locker um seinen Hals geschlungen hatte. Der Mann beugte sich zu der Frau und gab ihr einen Kuss.

Vorne sprang die Ampel von Gelb auf Grün und der Bus setzte sich langsam wieder in Bewegung. Mottes Augen blieben an dem silbernen Metallkoffer hängen. Aus dieser Entfernung konnte sie es nicht genau erkennen, aber auf der Vorderseite des Koffers klebte ein Sticker mit zwei verschnörkelten Buchstaben. Es kam Motte so vor, als hätte sie zwei ineinander verschlungene A's gesehen.

7. Song

Warten auf Motte

Chérie, trinkst du mit mir einen Milchkaffee?«

Lou, die am Terrassentisch der Jacobivilla saß, sammelte Ideen für ihren neuen Song. Als sie Grandmère hörte, blinzelte sie überrascht von ihrem neuen Traumtagebuch auf. Milchkaffee? Eigentlich trank Lou noch überhaupt keinen Kaffee. Aber wenn Grandmère ihr einen anbot, konnte sie ja mal probieren.

»Na klar«, sagte Lou und schob ihre Sachen zusammen. Nachdem sie mit Rosa und Billie zwanzig Minuten vergeblich im Probenraum auf Motte gewartet hatte, waren sie alle nach Hause gefahren. Billie war ziemlich stinkig gewesen, vor allem weil Motte nicht einmal eine SMS geschickt hatte. Rosa tippte auf einen leeren Akku. Und Lou, die sich im Stillen auch fragte, was ihre Cousine von der Probe abgehalten haben konnte, für die sie so gekämpft hatte, schlug vor, das Treffen einfach auf den nächsten Nachmittag zu verschieben.

Grandmère stellte das Tablett auf den Tisch. In drei großen Schalen dampfte die Milch, daneben stand die silberne Espressokanne. Sie gab einen kleinen Schuss

Kaffee in Lous, einen großen in ihre Schale und sah sich suchend um. »Ist Motte in ihrem Zimmer?«

Lou schüttelte den Kopf. »Nein, sie ist nicht da.«

»Comment, nicht da? Hattet ihr heute nicht Bandprobe?«

Lou stützte den Kopf in beide Hände. »Jaaaa, hatten wir. Gestern war Motte noch total aus dem Häuschen, weil Tante Vanessa ihr erlaubt hat, irgend so ein Klaviervorspiel für unsere Probe sausen zu lassen.« Lou nippte an ihrer Schale. Der Milchkaffee schmeckte cremig und gar nicht schlecht. »Deshalb kapier ich auch nicht, warum sie nicht gekommen ist.«

Grandmère rührte nachdenklich zwei Stücke Zucker in ihren Kaffee. »Das sieht Motte überhaupt nicht ähnlich. Die Popkörner sind ihr wirklich wichtig.«

»Ich weiß! Vielleicht hat sie den Bus verpasst oder vor lauter Referats-Stress die Zeit vergessen.«

»Sie wäre nicht die Erste, die in den Sog der griechischen Mythologie gerät.« Grandmère pustete in ihre Schale. »Und außerdem hatte Motte schon immer diese leichte Neigung zu verschwinden.«

Allerdings!, dachte Lou. Mottes Talent, sich quasi unsichtbar zu machen, hatte sie bereits kennengelernt.

Grandmère sah auf ihre Armbanduhr. »Wann war eure Probe?«

»Um vier.«

»Jetzt ist es halb sechs«, sagte Grandmère nachdenklich. »Wenn Motte bis sechs Uhr nicht wieder auftaucht, fahren wir zur Bücherhalle.« Sie schaute zum Kutscherhaus hinüber. »Bis dahin kann ich mir zumindest einen allerersten Überblick über das Gerümpel verschaffen.«

Grandmère leerte ihre Schale und stand auf.

»Darf ich mit?«, Lou trank den letzten Schluck ihres Milchkaffees und schob ihren Stuhl zurück. »Ich war noch nie in der alten Garage.«

»Bei mir ist es auch gefühlte hundert Jahre her«, sagte Grandmère. »Natürlich kannst du mit, aber ich weiß nicht, was uns erwartet.«

Die Garage befand sich im Kutscherhaus direkt unter der Wohnung der Familie Blum. Früher war sie ein Teil des Pferdestalls gewesen, doch schon vor langer Zeit hatte man den Stall durch eine Mauer in zwei Räume geteilt: Der linke Raum – die ehemalige Stallgasse – wurde Abstellplatz für Fahrräder und Gartenmöbel, während der rechte mehr und mehr zur Rumpelkammer verkommen war. Lou stand neben Grandmère, als diese die grün gestrichene Tür aufschloss. Mit einem Knarren schwang sie auf. Obwohl es draußen hell und sonnig war, lag der Raum im Halbdunkel. Die Krone der Kastanie versperrte den Sonnenstrahlen den Weg und vor den Fenstern, die Lou an der Längsseite des Raumes entdeckte, wuchsen undurchdringliche Rhododendronbüsche.

Grandmère tastete die Wand neben der Tür ab. »Wo war bloß das Licht?«

Lou hörte das Klicken, als ihre Großmutter den Schalter umlegte, doch die nackte Birne, die von der Decke herabhing, blieb dunkel.

»Voilà, dann muss es eben so gehen«, sagte Grandmère und tastete sich vorsichtig in den schmalen Gang zwischen den hoch aufgestapelten Kisten. »Sei bitte vorsichtig, Chérie.«

Lous Augen gewöhnten sich allmählich an das Zwielicht. Gleich neben dem Eingang entdeckte sie einen alten Polstersessel, auf dessen zerschlissener Sitzfläche ein alter Fußball lag. Es roch modrig, zwischen den Regalen an der Wand hingen Spinnennetze so groß wie Decken und auf den Kartons lagen tote Fliegen.

»Sieh dir dieses Gerümpel an! Das lassen wir alles abholen«, murmelte Grandmère.

Lou folgte ihr wortlos durch den Gang. Sie konnte kaum glauben, dass sie sich direkt unter ihrer wunderschönen Wohnung im ersten Stock befand. Genau über ihnen musste das Wohnzimmer liegen mit den gemütlichen Holzdielen, der dicht bestückten Bücherwand und dem Lieblingsplatz ihrer Mutter – dem schönen Sekretär, den Grandmère ihr zu ihrer Rückkehr nach Deutschland geschenkt hatte. Und hier unten hätte man einen Gruselfilm drehen können. Lou trat neben Grandmère, die sich inzwischen bis zum ersten Fenster durchgearbeitet hatte. Unter ihren Füßen knisterte und raschelte es.

»Die Dinge scheinen sich auf geheimnisvolle Art vermehrt zu haben, seit ich das letzte Mal hier drin war.« Grandmère fasste nach dem Fenstergriff, um etwas frische Luft hereinzulassen.

»Damals brauchten wir den Platz in der Garage nicht. Und…«, sie wischte sich einen Staubfaden vom Ärmel ihrer blauen Tunika. »... diese Sachen hier brauchte auch niemand mehr.«

»Und glaubst du, dass du das alles noch auf dem Flohmarkt verkaufen kannst?«, fragte Lou.

Grandmère lachte auf. »Verkaufen? Diesen Plunder? Jamais – nie im Leben!«

»Aber Onkel Oliver hat gesagt, dass du einen Flohmarkt vorbereitest, und ich dachte, Motte und ich könnten dir helfen.«

»Dein Onkel ist ein Spaßvogel. Er weiß genau, dass sich hier nichts von Wert befindet. Nie und nimmer würde ich etwas von diesem Zeug auf einem Flohmarkt verkaufen können. Chérie, ich will den Raum leer räumen lassen, damit dein Vater endlich ein eigenes Arbeitszimmer bekommt. Bei euch oben im Kutscherhaus platzt doch alles aus den Nähten.«

»Hm, Grandmère, aber ich glaube, Papa schreibt eigentlich ganz gern oben am Küchentisch«, wandte Lou zaghaft ein.

Grandmère legte die Hand auf Lous Schulter und schob sie zur Tür. »Versuch, es dir frisch gestrichen vorzustellen, mit W-Lan und elektrischem Licht.«

»Na ja...« Lou wollte Grandmère nicht entmutigen. »Wenn wir alle mit anfassen, wird es bestimmt schön.« Sie trat hinter ihrer Großmutter aus der Garage. In diesem Moment kam Motte mit ihrem Rad die Auffahrt zur Jacobivilla hochgeschoben.

8. Song

Eine endlose Nacht

Motte hatte erst bemerkt, dass die Busfahrt zu Ende war, als der Fahrer neben ihren Sitz trat. »Endstation, junges Fräulein«, sagte er und hatte sie hinter seinen runden Gläsern aufmerksam gemustert. »Alles in Ordnung?«

Erst da war Motte bewusst geworden, dass sie die Station vor dem Musikgeschäft verpasst hatte, dass sie, ohne es zu merken, bis zur Endstation durchgefahren war. »Hm, alles okay«, murmelte sie und stand so hastig auf, dass ihr die Bücher aus der Tasche fielen. Schnell sammelte Motte sie auf und stolperte aus dem Bus. Wen hatte sie da gerade vor dem Hotel gesehen? Ihre Mutter? Eine Doppelgängerin? Oder nur eine Frau, die zufällig einen ähnlichen Hosenanzug trug und zufällig auch lange dunkle Haare hatte? Während der gesamten Heimfahrt hatte Motte gegen das Gefühl angekämpft, in tausend Einzelteile zu zerfallen. Stimmen flüsterten in ihrem Kopf: »Sie war es!«, raunte eine. »Du bist dir doch sicher!«, wisperte eine andere. »Sie kann es aber nicht gewesen sein, weil sie in Venedig ist!«, rief Motte ihre

Gedanken zur Ordnung. Der Satz »Sie ist in Venedig« war der Rettungsring, an den Motte sich klammerte, das Mantra, das sie ein ums andere Mal verzweifelt wiederholte, bis sie mit dem Fahrrad vor dem Gartentor der Jacobi-Villa ankam. »Sie ist in Venedig«, flüsterte Motte sich ein letztes Mal zu, bevor sie durch die Pforte trat.

Als Lou und Grandmère auf sie zukamen, zwang Motte sich zu einem kleinen Lächeln.

»Hey, wo warst du denn?«, rief Lou. »Wir haben auf dich gewartet!«

Motte blinzelte ihr kurz in die Augen. »Tschuldigung. Ich hab die Probe total verpennt!« So lautete die Version, die sie sich für die anderen überlegt hatte. Kein Wort über das Hotel. Kein Wort über die Frau, die ihrer Mutter so unfassbar ähnlich sah.

»Chérie, da bist du ja. Wir wollten gerade los, um dich zu suchen«, sagte Grandmère und trat heran. Motte wollte sich am liebsten in die Arme ihrer Großmutter werfen und ihr alles erzählen. Bestimmt würde sich dann herausstellen, dass sie nur Gespenster gesehen hatte. Doch stattdessen blickte sie haarscharf an Grandmères Augen vorbei. »Es hat in der Bücherhalle etwas länger gedauert«, brachte Motte mühsam hervor. »Der, der Computer für die Ausleihe war kaputt!« Was redete sie da für einen Unsinn? Mit so vielen Erklärungen zog sie nur unnötig Grandmères Aufmerksamkeit auf sich. »Ich geh rein!«, sagte Motte und wollte zur Terrasse laufen.

»Deine Bücher!«, rief Lou und kam mit der Tasche hinter ihr her.

Irgendwie war es Motte gelungen, in die Villa zu flüchten, ohne Grandmère in die Augen zu sehen. Dennoch spürte sie deren fragenden Blick noch immer in ihrem Rücken, als sie die Tür zum Bad schon fest hinter sich zugezogen hatte.

Von draußen klopfte es. »Darf ich reinkommen?«

Es war Lou.

Motte starrte in den Spiegel. Sie zog mit den Zeigefingern und Daumen ihre Lider auseinander und betrachtete prüfend ihre braunen Augen. War mit diesen Augen alles in Ordnung? Oder sahen sie Dinge, die nicht da waren? Hinter ihr schlüpfte Lou ins Bad. Zumindest sah ihre Cousine aus wie immer. Ihre schulterlangen Haare hatte sie hinter die Ohren gestrichen. Ihre blauen Augen lachten. Auf ihren Wangen zeigten sich Grübchen und auf dem hellgrauen T-Shirt, das Lou unter ihrem karierten Hemd trug, war ein Fleck.

»Hast du alles in der Bücherhalle bekommen?«

»Ja.«

Lou lehnte sich an die Wand und blickte zu Motte. »Du brauchst dir wegen der Probe keine Sorgen zu machen. Haben wir verschoben.«

Motte drehte den Wasserhahn auf und wusch sich das Gesicht. »Gut.«

»Wir waren auch zu spät«, erzählte Lou weiter. »Im CÄM ist es einfach unglaublich! Es gibt dort bestimmt 500 verschiedene Gitarren! Total irre!«

Motte trocknete sich das Gesicht ab. »Klingt super«, sagte sie ohne jede Begeisterung.

Lou stand auf. »Ich bin echt blöd. Erzähl dir von *Crazy About Music*. Und du hast den ganzen Nachmittag in der Bücherhalle verbracht.« Sie legte tröstend den Arm um Motte. »Deshalb darfst du dir aussuchen, was wir jetzt machen. Worauf hast du Lust? Zu den Meeries in den Garten? Einen Film schauen? Abhängen?«

Motte wusste genau, was Lou unter »abhängen« verstand: es sich in ihrem Zimmer gemütlich zu machen, Musik zu hören, Schokolade zu naschen und sich dabei zu erzählen, wie der Nachmittag gelaufen war. Aber darauf hatte Motte im Moment überhaupt keine Lust. Stattdessen vergrub sie sich mit dem dicksten der drei Bücher über griechische Sagen in ihrem Sitzsack. Nicht weil es sie besonders interessierte, sondern weil das Buch so groß war, dass sie ihr Gesicht ganz dahinter verbergen konnte.

Nach einer Weile hockte Lou sich neben sie. »Soll ich lieber rübergehen?«

Motte ließ das Buch sinken. »Nein!«, entfuhr es ihr.

»Wirklich nicht? Es macht mir nichts aus, wenn du allein sein möchtest.«

Motte schüttelte den Kopf. Ihr war überhaupt nicht nach Reden zumute, aber allein wollte sie auch nicht sein. »Das hab ich doch gar nicht gesagt.«

»War nur so ein Gefühl.«

»Dann war dein Gefühl eben falsch«, knurrte Motte.

»Hand aufs Herz?«

Motte legte ihre rechte Hand auf ihr Herz. »Ich will nicht, dass du gehst. Ich bin nur nicht so gesprächig.«

»In Ordnung.« Lou nickte und machte es sich auf Mottes Teppich gemütlich.

Später, als sie das Licht löschten, um zu schlafen, hatte Motte ihr Sagenbuch fast durchgelesen. Wie hart und unversöhnlich die alten Göttinnen und Götter waren: Motte las über Arachne, eine junge Weberin, die zur Strafe für ihren Hochmut für immer in eine Spinne verwandelt wurde. Niobe, die schöne Königin von Theben, bezahlte ihren Stolz mit dem Tod ihrer sieben Söhne und sieben Töchter und wurde zu Felsen. Und Sysiphos, dem es mehrere Male gelungen war, dem Tod durch List zu entkommen, war am Ende verflucht, in alle Ewigkeit ein schweres steinernes Rad einen Berg hinaufzurollen.

Motte klappte das Buch leise zu. Morgen würde sie sich entscheiden, welche der Sagen sie vorstellen wollte.

Doch zwischen diesem Heute und Morgen lag noch eine endlose Nacht. Motte wälzte sich zwischen den Laken. Neben ihr schlief Lou. Ihr Atem ging leise und regelmäßig. Motte presste die Augen zusammen, als könnte sie den Schlaf auf diese Weise erzwingen. Doch wie sehr sie sich auch anstrengte, sie konnte nicht aufhören zu grübeln. Die Erlebnisse des Tages liefen wie in einer Endlosschlaufe immer und immer wieder durch ihren Kopf. Irgendwann schlüpfte sie leise aus dem Bett und schlich durch den Flur, die Treppe hinunter bis ins Wohnzimmer. Durch die hohen Fenster fiel das fahle Licht der Straßenlaternen. Das Heft, das sie suchte, lag auf der Anrichte, in der Mottes Mutter ihre silbernen Bestecke aufbewahrte. Ohne einen Blick hineinzuwerfen, rollte

Motte es hastig zusammen und huschte lautlos zurück in den ersten Stock. Erst als sie sicher in ihrem Versteck im alten Gästezimmer der Villa angekommen war, legte sie das Heft vor sich. Die Vereinszeitschrift der *Amicis Argentum* erschien einmal im Vierteljahr. Oben rechts in der Ecke befand sich das Logo des Vereins. Es waren zwei ineinander verschlungene silberne A's – dieselben, die sie auf dem Koffer des Mannes gesehen hatte. Motte hatte sich also nicht getäuscht.

Wahrscheinlich begann Motte genau in diesem Augenblick zu begreifen, dass sie etwas gesehen hatte, das niemand sehen sollte. Etwas, das rein logisch gar nicht möglich war. »Es war eine Verwechselung«, flüsterte sie, während sie das Streichholz anriss und unter die Titelseite hielt. Die kleine Flamme erfasste das dicke Papier, loderte auf und fraß sich schnell auf die Ecke zu, die Motte festhielt. »Nur eine ganz blöde Verwechselung.«

9. Song

Rosa steigt aufs Board

Am nächsten Morgen gleich nach dem Frühstück packte Rosa ihre Tasche für die Bandprobe: ihre neuen Sticks aus Ahornholz, die sie im CÄM gekauft hatte, die Mappe mit ihrem Star-Steckbrief, von dem allerdings die meisten Felder noch ebenso leer waren wie die Seiten ihres neuen Ideenhefts. Zur Sicherheit legte Rosa das Heft ganz nach unten in die Tasche. Die anderen mussten es ja nicht unbedingt sehen. Aber für den Fall, dass sie auf dem Weg zur Probe eine Idee für einen neuen Song hatte, konnte sie sie sofort aufschreiben. Bevor sie die Wohnung verließ, legte Rosa noch einen Zettel für ihre Mutter auf den Küchentisch. Damit sie sich keine Sorgen machte, wenn sie aus dem Theater nach Hause kam. Rosas Mutter war Kostümbildnerin und jeden zweiten Samstag besserte sie mit ihrer Kollegin Kostüme aus, die im Laufe der Woche den ein oder anderen Riss bekommen hatten.

Rosa schloss die Wohnungstür ab und rannte die Treppe aus dem dritten Stock hinunter. Unten vor den Briefkästen saß der schwarze Kater aus dem Erdgeschoss. Als

er Rosa sah, miaute er auf und strich um ihre Beine. »Hallo Mr Darcy.« Rosa strich dem Kater über den Rücken. »Willst du raus?«

Sie öffnete ihm gerade die Haustür, als auf dem gegenüberliegenden Gehweg ein Junge auf seinem Skateboard angerollt kam.

»Hey!«, wurde sie von David begrüßt, der eine kleine Runde drehte, um auf ihre Seite zu kommen. »Gehst du mit deiner Katze einkaufen?«

Rosa sah ihn überrascht an. »Nein, Mr Darcy gehört mir nicht. Wir haben ihn nur manchmal in Pflege.« Sie hängte sich ihre Tasche über die Schulter. »Ich bin auf dem Weg zu Lou und Motte.«

David bremste ab. »Klar. Popkornzeit.«

»Sozusagen.« Rosa nickte und fragte sich, was David an einem Samstagmorgen in ihrer Straße verloren hatte. »Und du?«

David zeigte mit dem Daumen auf den Rucksack auf seinem Rücken. »Soll was besorgen.«

»Ach so? ... Na, gut ... Ich muss los«, erwiderte Rosa und wandte sich nach rechts.

»Tatsache?«, grinste David. »Da muss ich auch lang.« Und mit diesen Worten stieß er sich mit seinem Board ab und skatete langsam neben ihr her.

Den ganzen Weg über lag Rosa die Frage auf der Zunge, wo denn das Geschäft war, in dem David einkaufen wollte. Denn soweit sie wusste, lag die Jacobi-Villa in einem vornehmen Wohngebiet – in dem es weit und breit kein Geschäft gab. Aber was spielte das für eine

Rolle? Der Samstag lag frisch und sonnig vor ihr, und als David sie fragte, ob sie ein paar Meter auf seinem Board ausprobieren wollte, stellte Rosa ihren rechten Fuß auf das Brett und stieß sich ab.

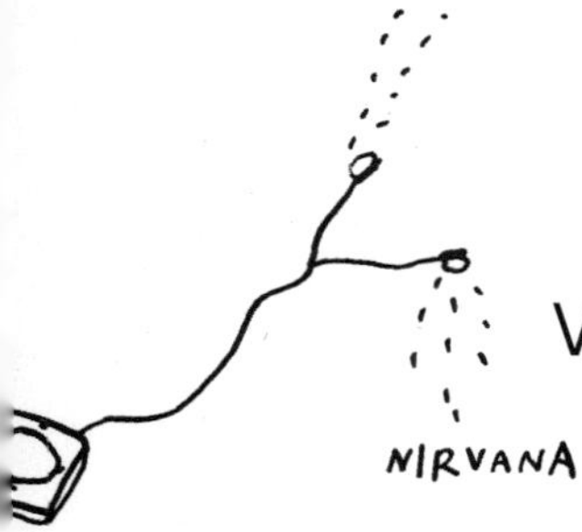

10. Song

Venedig is calling

Kurz bevor Motte und Lou zur Probe aufbrechen wollten, klingelte unten das Mobiltelefon von Herrn Jacobi. Motte beugte sich über das Geländer im ersten Stock, sah, wie ihr Vater das Handy aus seiner Jackentasche zog und sich meldete.

»Vanessa! ... Ja ... Tut mir leid. Muss ein Funkloch gewesen sein.«

Motte nahm zwei Stufen auf einmal, schlitterte über die glatten Fliesen der Diele und kam direkt neben ihrem Vater zum Stehen. »Mama?«, fragte sie flüsternd.

Herr Jacobi nickte. »Natürlich erinnere ich mich an den Palazzo die Sciascia«, sprach er ins Telefon.

»Frag sie, ob sie gut in Venedig angekommen ist«, drängelte Motte.

Während ihr Vater die Frage weitergab, ließ sie ihn nicht aus den Augen. »Sie sagt, die Bahn war ausnahmsweise pünktlich. Willst du sie sprechen?« Er hielt Motte das Telefon hin. Mit klopfendem Herzen nahm sie es entgegen. »Mama? Wie ist Venedig?«

Natürlich war ihre Mutter in Eile, weil das englische

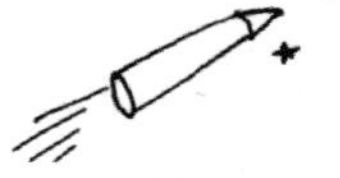

Komitee an der Vaporetto-Haltestelle abgeholt werden musste und zudem noch die bulgarische Delegation fehlte. Mit halbem Ohr lauschte Motte dem kurzen Bericht, mit dem anderen horchte sie auf die Stimmen im Hintergrund: kein Zweifel, es waren italienische Stimmen! Erleichterung breitete sich in Motte aus und sie reichte ihrem Vater das Handy mit einem Seufzer zurück. Sie hatte sich getäuscht. Die Frau vor dem Hotel war nicht ihre Mutter gewesen!

Herr Jacobi verabschiedete sich kurz von seiner Frau und steckte das Handy wieder in seine Tasche.

Aus dem ersten Stock kam Lou zu ihnen herunter. »Guten Morgen, Onkel Oliver. Vielen Dank für die leckeren Brötchen!«

»Gerne«, lächelte Herr Jacobi. »Das ist doch das Mindeste, wenn ihr schon das ganze Wochenende allein verbringen müsst.« Er musterte seine Tochter von der Seite. »Ihr kommt klar?«

»Ja, Papa! Mach dir um uns keine Sorgen«, sagte Motte mit so viel Energie, dass sie selbst überrascht war – am Abend zuvor war ihr schließlich noch ganz anders zumute gewesen.

»Wir wollen gleich mit Rosa zum Probenraum«, erklärte Lou.

»Vergiss nicht unseren *Star,* Billie!« Motte konnte sich ein süffisantes Grinsen nicht verkneifen.

Lou nahm ihre Gitarrentasche, die neben dem Spiegel an der Wand lehnte. »Wie könnte ich? Ohne die Sticheleien zwischen euch beiden würde mir die Band schließlich nur halb so viel Spaß machen.« Sie öffnete die Haustür. »Bist du so weit?«

Motte gab ihrem Vater einen Kuss auf die Wange. »Viel Erfolg mit den Amis!«

»Und euch viel Spaß beim Proben«, wünschte Herr Jacobi, bevor er hinter ihnen die Tür schloss.

Gemeinsam liefen die Mädchen den Weg zum Gartentor hinunter. »Hast du auch schön brav deinen *Star*-Fragebogen ausgefüllt?«, fragte Motte.

Lou klopfte auf ihre türkisfarbene Umhängetasche. »Noch nicht ganz, aber dafür habe ich mein *Song-Cluster.*«

»Dein was? Meinst du das Gekritzel von gestern Abend?«

Lou versuchte, Motte zu kitzeln, aber die wich geschickt aus.

»Genau, meine genial-kreativen Ideen für unser nächstes Lied.«

Motte kicherte. »Ich hätte auch schon einen Titel: *Hilfe, von Stars umzingelt!*« Sie öffnete gerade das schmiedeeiserne Gartentor, als Rosa und David um die Straßenecke bogen.

David fuhr langsam auf seinem Board vor Rosa her. »So stößt man sich ab.«

Motte, die hinter Lou auf den Gehweg getreten war, blickte Lou fragend an. »Seit wann zieht Rosa denn mit dem Pudel rum?«

»Hallo Lou. Hallo Motte.« Rosa blieb stehen und blinzelte die beiden an.

»Hey, Rosa!« Lou blickte zu David. »Probt *Nasser Pudel* heute etwa auch?«

Motte zog die Augenbrauen zusammen. »Der Probenraum ist aber für die Popkörner reserviert!«

David grinste sie freundlich an. »Du brauchst nicht gleich das Kriegsbeil auszugraben, Motte Jacobi! Brille und Josch sind ohnehin im Freibad und ich ... skate hier nur ganz friedlich die Straße runter.«

»Wer's glaubt«, murmelte Motte.

David nickte Rosa noch einmal zu. »Bis Montag, *Rose.«* Er sprach das letzte Wort englisch aus.

»Danke, für das Skaten!«, rief Rosa ihm hinterher.

In großen Bögen fuhr David auf die Straße hinunter.

Motte durchbohrte Rosa mit ihrem Blick.

»Was ist?«, fragte Rosa. »Wir hatten nur zufällig denselben Weg.«

»ZUFÄLLIG?«, fragte Motte. »Und er nennt dich *Rose?«*

»Das ist doch nur witzig gemeint«, erwiderte Rosa so locker wie möglich.

»Du kennst doch David«, stimmte Lou ihr zu.

Motte legte kopfschüttelnd den Arm um Rosas Schulter. »Ich finde nur, wenn David was von Billie will, dann soll er doch Billie zufällig über den Weg laufen und nicht dir.«

Motte hatte den Eindruck, dass Rosa noch etwas sagen wollte. Doch dann schüttelte sie nur den Kopf. »Ist auch egal.«

Kurze Zeit später waren Lou, Motte und Rosa wie verabredet am Probenraum. Die Tür, an der noch immer das Plakat vom letzten Schulfest hing, stand offen.

»Ist Billie etwa schon da?«, wunderte Motte sich und folgte Lou und Rosa in den Raum.

»Hier ist niemand«, sagte Lou und legte ihre Gitarre auf das abgerockte Sofa neben dem Eingang.

Rosa ging zum Schlagzeug. »Die kommt sicher gleich.«

»Och, ich könnte es schon verkraften, wenn wir mal eine Auszeit von unserem Star bekommen.« Motte klappte den Deckel des Klaviers hoch und spielte gut gelaunt die Anfangstakte des vierten Satzes von Beethovens Neunter. »Dann können wir zur Abwechslung nämlich einfach mal proben.«

Lou trat ans Klavier. »Bandregel Nummer eins: Popkörner lästern nicht über andere Popkörner.«

»Ich läster doch gar nicht! Ich stelle nur fest, dass …«

Von der anderen Seite kam Rosa. »… Bandregel Nummer zwei: Schon gar nicht über *abwesende* Popkörner.«

Motte spielte die Oktaven in einem Crescendo hoch. »Habt ihr euch abgesprochen, oder was?«

Lou legte die Stirn in Falten. »Bandregel Nummer drei: Popkörner flippen nicht bei jeder Kleinigkeit aus und …«

Motte hielt beide Hände hoch. »Ich flippe nicht aus! Ich …«, sie holte tief Luft, »… möchte nur Musik machen.«

»Wir auch«, sagten Lou und Rosa im Chor.

Auf Lous Vorschlag hin begannen die drei ihre Bandprobe mit einer Ideen-Runde für ihren neuen Song. Lou schlug ihr Traumtagebuch auf, in das sie nicht nur jeden Morgen ihre Träume notierte, sondern auch Material sammelte, das sie möglicherweise für einen neuen Liedtext brauchen konnte: ein Babyfoto von Anton, ihr One-Way-Ticket von Vancouver nach Frankfurt, eine Liedzeile von Pink Floyd, der U-Bahn-Plan von Hamburg.

Rosa zog ihren MP3-Player aus der Tasche, um den anderen ein Lied vorzuspielen. »Ist echt alt, aber ich musste es immer wieder hören.« Sie reichte Lou und Motte die Stöpsel und drückte auf Play.

»Hello, hello, hello. How low«, sang Lou leise mit.

Motte schloss die Augen. »Was ist das?«

»Nirvana. Stand im CD-Regal meiner Eltern«, erzählte Rosa. »Meint ihr, wir können das mal nachspielen? Ich finde, es ist so ...« Rosa suchte nach einem Wort. »Wild.«

»Ja, ziemlich wild«, nickte Lou.

»Find ich auch«, sagte Motte. »Klingt aber nicht so einfach.« Sie sah zu Lou rüber. »Meinst du, du kriegst das schon hin?«

»Wenn Felix mir die Griffe zeigt.«

»Vielleicht hat er auch die Noten«, sagte Rosa.

»Ganz bestimmt. Die Fjordies spielen doch auch alte Songs nach. Ich frag ihn gleich in der nächsten Stunde.« Lou machte sich eine Notiz in ihrem Buch.

Nun war die Reihe an Motte. Gespannt warteten Lou und Rosa auf ihre Idee. Motte rutschte bis an die Kante des Klavierhockers. »Also, ich ... Unser erstes Lied *Von einem andern Stern* war ja ziemlich poppig.«

»Richtig schön popkörnig!«, lachte Lou.

» ... ich fände es gut, wenn unser nächstes Lied irgendwie anders wird. Besonders und ...«

Motte hatte ihre Gedanken noch nicht zu Ende gebracht, als Rosas Handy zweimal piepte. Sie holte es aus ihrer Tasche. »Ist von Billie. Sie ist mit Hanni im Freibad und hat uns ein Foto geschickt.« Sie hielt Lou und Motte das Display hin. Billie lag im Bikini zwischen Sonnencreme und Netbook auf ihrem knallgelben Handtuch und lachte in die Kamera. »Sie schreibt, wie ihr nächster Song heißen soll«, berichtete Rosa.

»Ihr nächster Song?«, fragte Motte gereizt.

»Und wie soll er heißen?«, fragte Lou.

»25° im Schatten«, las Rosa weiter.

»25° im Schatten?«, Motte fasste sich an den Kopf. »Das ist doch totaler Blödsinn!«

Lou lachte. »Billie ist sooo witzig. Warum nennen wir unseren Song nicht gleich 37° Grad – hitzefrei?«

»Dann lieber 451° Fahrenheit«, schlug Motte vor.

Lou und Rosa sahen Motte verständnislos an. »451° Fahrenheit?«

»Das ist die Temperatur, bei der Papier verbrennt«, erklärte Motte, als sei dies etwas, das man schon im Kindergarten lernte.

Im gleichen Moment ging die Tür zum Probenraum auf und Herr John, der Hausmeister, kam in Begleitung eines zweiten Mannes herein. »Moin, moin!«, begrüßte er die Mädchen. »Lasst euch nicht stören. Bis 12.30 Uhr gehört der Raum euch.«

Der zweite Mann, der einen weißen Overall trug, kniete sich hin und klopfte die Fußleisten ab.

»Wisst ihr, was das zu bedeuten hat?«, fragte Lou.

Rosa und Motte schüttelten den Kopf.

»Die Farben finden Sie in meiner Werkstatt«, erklärte Herr John. »Die Leiter steht im Materialraum, gleich nebenan.«

Die Mädchen wechselten einen überraschten Blick. Frau Korte, ihre Klassenlehrerin, hatte zwar erwähnt, dass der Probenraum der Schule *irgendwann* im Sommer renoviert werden sollte, aber es war nicht die Rede davon gewesen, dass die Arbeiten noch vor den großen Ferien beginnen würden.

»Sie fangen schon heute mit dem Renovieren an? Aber wo sollen wir denn dann proben, Herr John?«, mischte Lou sich ein

»Wir haben den Raum doch noch bis zu den Ferien reserviert«, entfuhr es Motte.

»Die Fjordies doch auch«, meinte Rosa.

Der Hausmeister zuckte die Schultern. »Tut mir wirklich leid, aber der Raum ist ab heute Mittag gesperrt.«

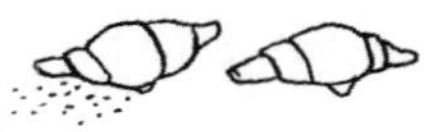

11. Song

Die grüne Vespa

Während Rosa nach der Probe direkt zu Billie ins Freibad fuhr, um ihr von den miesen Neuigkeiten zu berichten, machten Lou und Motte sich auf den Weg nach Hause. »Die Gitarre und das Klavier sind ja nicht das Problem«, überlegte Lou. »Nur wo wir Rosas Schlagzeug aufbauen, weiß ich nicht.«

»Bei euch im Kutscherhaus ist es definitiv zu eng«, meinte Motte. »Und bei uns wäre zwar Platz für ein ganzes Orchester, aber meine Mutter erlaubt nie im Leben, dass wir bei uns proben.«

Die beiden waren vor der Jacobi-Villa angekommen. Aus dem Vorgarten waren die Stimmen von Till, Ole und Anton zu hören.

»Wo ist er?«, fragte Anton aufgeregt.

»Auf dem Mars«, antwortete Till.

»Blödmann!«, stieß Ole seinen Zwillingsbruder an. »Warum hast du so hoch geschossen? Jetzt haben wir keinen Ball mehr!«

»Das macht man so beim Fallrückzieher«, maulte Till.

Lou und Motte betraten den Vorgarten.

»Lusi! Till hat meinen Ball bis auf den Mond geschossen«, rief Anton und zeigte auf das Dach des Nachbarhauses, wo der Ball im ersten Stock in der Regenrinne liegen geblieben war.

»Das ist ja mal wieder ein Superkunststück«, kommentierte Motte.

Lous Blick glitt über die große Fensterfront. »Zum Glück ist keine Scheibe kaputtgegangen.«

»Toll! Ich bin begeistert«, stöhnte Motte.

»Lusi, kannst du den Ball nicht vom Mond holen?«, bettelte Anton.

Lou sah zu Motte. »Kommst du mit klingeln? Mit einem Besen kommt man durch das Dachfenster bestimmt leicht an den Ball ran.«

Motte schüttelte den Kopf. »Die sind im Urlaub«, sie sah zu ihren Brüdern und Anton. »Das Spiel ist leider vorbei, Jungs.«

Da fiel Lou etwas ein. »Ich weiß, wo ein Ball ist«, sagte sie. »Oder zumindest so etwas Ähnliches. Kommt mit!«

Unter dem umgedrehten Blumentopf, der im Schatten neben dem Kutscherhaus stand, holte sie den Schlüssel für die Garage hervor, so wie sie es bei Grandmère gesehen hatte. Anton, Till, Ole und Motte sahen ihr gespannt über die Schulter, als sie die grüne Tür aufschob. Der Lederball lag noch auf dem alten Polstersessel. Lou nahm ihn und warf ihn Ole zu. »Probiert den mal aus.«

»Ist der aus dem letzten Jahrtausend?« Ole musterte das abgeschabte Leder.

»Ist der von Oma, Lusi?«, erkundigte sich Anton.

»Voll die Pflaume«, moserte Till.

»Kein Gemecker«, ranzte Motte ihren Bruder an. »Versuch lieber, ihn aufzupumpen. An meinem Fahrrad ist eine Pumpe, aber wehe, ihr bringt sie nicht zurück.«

Die Jungs zogen mit dem Ball nach hinten in den Garten ab.

»Nervzwerge!« Motte drehte sich zu Lou. »Gehen wir in mein Zimmer?«

Aber Lou nahm sie am Arm und zog sie in den Abstellraum.

»Komm.«

»Wieso?«, fragte Motte.

Lou schob von innen die Tür zu. »Ich dachte, wir schauen uns ein wenig um«, sagte sie mit gesenkter Stimme. »Grandmère hat mir nämlich erzählt, dass sie alles entsorgen lassen will. Es gibt überhaupt keinen Flohmarkt!«

»Was? Aber sie weiß doch gar nicht, ob etwas Wertvolles dabei ist!«, wisperte Motte und zeigte auf die schattenhaften Kisten und Regale.

Lou nickte. »Genau! Deshalb müssen wir uns eben umsehen.«

Motte kniff die Augen zusammen. »Gibt es denn irgendwo Licht, damit wir unter all dem Staub auch etwas entdecken können?«, fragte sie.

»Leider nicht«, schüttelte Lou den Kopf. »Hast du nicht deine Streichhölzer dabei?«

Motte kramte in ihrer Hosentasche. Sie holte ihre Streichhölzer raus und riss eines an. Im Schein der kleinen Flamme flackerten die Umrisse der Kartons, Rollen und Tonnen auf, die dicht an dicht den Boden bedeckten. Lou schlich vorsichtig auf die Lücke zu, die sie am Vortag gesehen hatte. »Versuchen wir es hier.«

Sie gingen ein paar Schritte. Vor ihnen türmten sich drei übereinandergestapelte Teekisten. Motte zündete das nächste Streichholz an, sodass Lou sich an dem Stapel vorbeischieben konnte, ohne ihn umzustoßen. Direkt vor ihr seilte sich eine Spinne von einem Brett ab. »Äääääh!« Motte wich zurück.

Gleichzeitig raschelte etwas. »Alles total zugestellt«, hörte sie Lous Stimme.

Motte duckte sich tief, um unter der Spinne hindurchzutauchen. Hinter den Teekisten konnte sie Lou erkennen. Im trüben Licht, das durch die schmutzigen Fenster fiel, sah sie, wie Lou ein Brett zur Seite schob, das vor etwas Großem lehnte.

»Was hast du da?«

»Keine Ahnung«, flüsterte Lou.

Hinter dem Brett kam ein gemusterter Bezug zum Vorschein. »Sieht aus wie eine Mumie.«

Als Motte versuchte, das Brett auf der anderen Seite wegzuziehen, fiel es krachend zu Boden. Für eine Schrecksekunde hielten die Mädchen die Luft an.

»Hast du dir wehgetan?«, fragte Lou.

»Nein! Ist nur alles so verdammt eng hier. Vielleicht sollten wir es lassen«, raunte Motte. »Nicht dass wir noch verflucht werden.«

»Hör auf mit den Schauermärchen!« Lou suchte weiter nach einer Stelle, an der sie den Stoff besser fassen konnte. »Das ist eine Garage und kein ägyptisches Pharaonengrab.«

»Verflucht kann sie trotzdem sein«, gab Motte zurück, half Lou aber weiter.

»Was immer es ist, es ist in jedem Fall sehr sorgfältig eingewickelt«, stöhnte Lou und zog ein weiteres Mal kräftig an dem Bezug. In diesem Augenblick gab der Stoff nach.

»Was ist *das?«* Motte holte das letzte Streichholz aus der Schachtel und zündete es an.

Unter dem Bezug blitzten das Vorderrad und der Lenker eines dunkelgrünen Motorrollers hervor. Lou zog den Bezug noch weiter nach hinten. Bevor die Flamme Mottes Finger erreichte und verlosch, beugte Lou sich zu dem Schriftzug.

»Das ist eine Vespa.«

»Wie kommt die in unsere Garage?«, staunte Motte. »Ist deine Mutter früher Vespa gefahren?«

»Nein! Dein Vater vielleicht?«

Motte schüttelte den Kopf. »Nicht dass ich wüsste«, sagte sie und betrachtete die Form der Vespa genauer. »Scheint ein ziemlich altes Modell zu sein.«

»Ob Grandmère sie hier abgestellt hat?«, überlegte Lou.

»Ich weiß nicht«, antwortete Motte nachdenklich. »Aber es gibt bestimmt einen Grund, warum irgendjemand sie hier ausgerechnet im dunkelsten Winkel versteckt hat.«

»Versteckt und vergessen«, nickte Lou.

Motte wollte eben etwas erwidern, da hörten sie draußen Grandmère. »Motte, Lou, seid ihr hier?« Ein Schlüssel wurde in der Tür gedreht. »Tiens, hier sind sie auch nicht.«

Lou und Motte stolperten zurück zur Tür. »Nicht abschließen!«

»Grandmère!«

Die Tür wurde von außen aufgezogen. Grandmère musterte ihre Enkelinnen mit einem forschenden Blick. »Mon dieu? Was tut ihr in dieser Rumpelkammer?« Schnell schob sie die beiden hinaus in die Auffahrt.

»Die Jungs brauchten einen Ball zum Kicken und auf dem Sessel da drin lag doch einer«, erklärte Lou.

Motte bemerkte, wie Grandmère unruhig an einem Knopf ihrer Tunika drehte. »Ihr hättet euch verletzen können. Wenn wir den Raum für deinen Vater hergerichtet haben, könnt ihr gerne hinein«, sie schloss die Tür ab und legte den Schlüssel zurück an seinen Platz. »Aber bis dahin haltet ihr euch davon bitte fern!«

12. Song

Der Willkommenskuchen

Wir machen immer ein kleines Fest, wenn Mama oder Papa von einer Reise zurückkommen«, sagte Lou, nahm das letzte Ei aus der Schachtel und schlug es an der Rührschüssel auf. Sie und Motte standen in der Küche der Jacobi-Villa und buken einen Zitronenkuchen für Mottes Mutter. Der Kuchen war Lous Idee gewesen. Zum Zeichen der Wiedersehensfreude. Zunächst war Motte skeptisch. Sie hatte noch nie gebacken und außerdem machte ihre Mutter sich sowieso nichts aus Süßem. Aber Lou hörte ihr überhaupt nicht zu. Mit Mehl, Zucker und einem Paket Margarine war sie aus der Speisekammer zurückgekommen und hatte alles vor Motte auf der Arbeitsplatte aufgebaut. »Für ein richtiges Willkommensfest brauchen wir einen Kuchen!«, hatte sie gesagt und Motte den Mixer zugeschoben.

»Wenn die Eier schaumig sind, lässt du den Zucker reinrieseln«, erklärte Lou.

Motte stellte den Mixer auf die erste Stufe und sah zu, wie die fünf Eidotter langsam im Eiweiß verliefen. »Bist du sicher, dass Eier schäumen können?«, fragte sie zweifelnd.

Lou sah von der Zitrone auf, die sie gerade auspresste. »Ganz sicher«, nickte sie. »Du musst sie nur gut verrühren. Versuch es mal auf Stufe vier oder fünf.«

Motte stellte den Mixer hoch und schon schlugen die Rührer so viel Luft unter das Ei, dass es Blasen warf und tatsächlich schaumig wurde. Von ihrem Erfolg beflügelt, kippte Motte nicht nur den Zucker, sondern auch gleich das ganze Mehl mit in die Schüssel. Eine große weiße Wolke stob auf und hüllte Motte ein.

»Ohhhh!«

»Stell den Mixer runter!«, rief Lou. Und schon senkte sich die Mehlwolke wieder.

»Eilmeldung: Schneesturm verwüstet Küche!«, lachte Motte und sah auf ihre weißen Hände und die weiße Arbeitsfläche.

»Ich glaube, das wird der bestgerührte Willkommenskuchen aller Zeiten«, meinte Lou.

Im selben Moment kam Anton mit Kirk im Arm durch die Küchentür.

Er blinzelte zu der Teigschüssel. »Darf ich die Schüssel auslecken?«

Motte hielt schützend die Hände über ihren Teig. »Nein!«

»Wir sind noch nicht ganz fertig«, erklärte Lou ihrem Bruder. »Ist Mama schon wach?«

Anton nickte eifrig. »Ja, Lusi. Aber sie liegt noch im Bett.«

Wenn ihr Nachtdienst aufs Wochenende fiel, blieb Frau Blum nach dem Aufwachen gern noch etwas länger liegen. Lou wischte sich die Hände an dem Geschirrhandtuch ab. »Dann komm ich jetzt rüber.«

»Wie, wo willst du hin?«

Lou zwinkerte ihrer Cousine zu. »Du weißt doch. Ich wollte sie wegen der… der Sache in der Garage fragen.«

»Geht das nicht später? Der Kuchen ist doch noch nicht fertig!«, protestierte Motte.

Lou nahm ihre Schürze ab. »Der Ofen ist vorgeheizt. Du brauchst nur noch die Eieruhr auf 25 Minuten zu stellen. Ach ja, und den Teig musst du vorher noch in die Backform streichen.« In der Tür blieb sie stehen und drehte sich zu Motte um. »Vielleicht weiß sie etwas über die Mumie«, sagte sie mit leuchtenden Augen und lief aus der Küche.

Frau Blum saß mit einem Kissen im Rücken im Bett und las die Wochenzeitung. Dabei versuchte sie, von ihrem Croissant abzubeißen, ohne zu krümeln. Und neben ihr auf dem Nachttisch stand ein Becher Kaffee.

»Guten Morgen, Ma!«, sagte Lou und setzte sich auf ihr Bett.

»Hast du bei Motte gut geschlafen?«, fragte ihre Mutter.

»Prima!«, sagte Lou, der sofort auffiel, dass ihre Mutter an diesem Morgen ganz besonders erschöpft aussah. »Und im Krankenhaus? War viel los oder konntest du ein wenig ausruhen?«

Frau Blum sah sie aus müden Augen an. »Letzte Nacht nicht, Schatz. Wir hatten vier Notfälle.«

In solch einer Nacht, das wusste Lou, stand ihre Mutter

fast ununterbrochen am Operationstisch. Sie schmiegte sich an ihre Schulter. »Dann schlaf doch noch ein bisschen länger.«

»Vielleicht nach dem Mittagessen. Mir gehen so viele Dinge durch den Kopf.« Frau Blum nahm die Zeitung wieder hoch. Wie so oft las ihre Mutter die Wissensseite. Es war ein Artikel über eine neu entdeckte Käferart.

»Ma?«

»Hm.«

»Ich war doch vorgestern mit Grandmère unten in der Garage. Ich meine nicht die Fahrradgarage, sondern die andere Seite.«

»Du meinst die alte Rumpelkammer?«, fragte Frau Blum, ohne von der Zeitung aufzusehen.

Lou drehte eine Haarlocke ihrer Mutter auf. »Grandmère plant da ein Arbeitszimmer für Pa. Wusstest du das?«

Frau Blum ließ die Zeitung ein Stück sinken. »Nein, das ist mir neu. Scheint mir aber eine gute Idee zu sein.«

»Das ist jetzt vielleicht eine blöde Frage ...«

»Lou, sag schon. Ich möchte weiterlesen.«

»Ganz hinten in der Garage steht eine alte Vespa.« Lou holte tief Luft. »Weißt du, wem sie gehört?«

Nun ließ Frau Blum die Zeitung auf die Decke sinken. »Eine Vespa? Bist du sicher ...?« Sie brach ab.

»Ja, sie ist wunderschön. Dunkelgrün lackiert und auf der Seite hat sie diesen Vespa-Schriftzug«, erzählte Lou.

»Ich hätte nie gedacht, dass es sie noch gibt.« Nachdenklich musterte ihre Mutter Lou. »Und Grandmère hat sie dir gezeigt?«

»Na ja, ehrlich gesagt, waren Motte und ich heute allein in der Garage. Weil Grandmère doch alles abholen lassen will«, verteidigte sich Lou. »Ma? Gehört die Vespa Grandmère?«

Lou wartete auf eine Antwort. Ihre Mutter schien durch sie hindurch in eine andere Zeit zu sehen. Als suchte sie etwas in ihrer Erinnerung. »Schon möglich«, sagte sie endlich.

Das war keine Antwort, die Lou zufriedenstellte. *»Schon möglich?* Du bist ihre Tochter! Du musst doch wissen, ob Grandmère einmal Vespa gefahren ist oder nicht.«

Frau Blum nahm die Zeitung wieder hoch. »Lou, versprich mir, dass ihr Grandmère nicht danach fragt.«

»Aber wieso?«, begehrte Lou auf. Warum benahm sich ihre Mutter auf einmal so komisch?

»Versprich es mir einfach!«

»Ja, das hat sie zu mir gesagt!«, erzählte Lou, als sie wieder in der Küche der Jacobi-Villa angekommen war. Das gesamte Erdgeschoss duftete nach Zitrone. Stolz präsentierte Motte ihren Willkommenskuchen. Am unteren Rand war etwas Teig abgebrochen, als sie ihn aus der Form gestürzt hatte, aber mit ein bisschen Zuckerguss fiel das gar nicht mehr auf.

Lou setzte sich auf einen der Barhocker am Tresen. »Jetzt sind wir auch nicht schlauer als vorher. Ma weiß bestimmt etwas über die Vespa, aber sie will nicht damit rausrücken.«

»Verflixte Geheimniskrämerei!«, murrte Motte. »Die Vespa, das verschlossene Zimmer bei uns im ersten Stock, über das niemand reden darf!« Sie schnippte einen Zitronenkern über die Arbeitsfläche zum Waschbecken.

Lou nickte. »Eins steht fest: Bei diesem Roller scheint es sich um ein echtes Familiengeheimnis zu handeln«, sagte sie, tippte in die Schale mit dem Zuckerguss und leckte ihren Finger ab. »Und wir werden herausfinden, was das für ein Geheimnis ist.«

Doch erst mal mussten die beiden die Küche aufräumen und die letzten Vorbereitungen für das kleine Begrüßungsfest zu Ehren von Tante Vanessa treffen.

13. Song

Buchstabenträume

Motte stellte gerade die Teekanne auf das Stövchen, als Lou durch die Terrassentür nach draußen kam. »Das Taxi ist da!«

Motte ließ den Blick über den Tisch wandern, den sie zusammen mit Lou gedeckt hatte. Neben dem Zitronenkuchen stand ein Strauß aus Frauenmantel und Glockenblumen, den Lou im Garten gepflückt hatte. Lou meinte, dass zu einem richtigen Willkommensfest auch frische Blumen gehörten. Der Tisch war wirklich wunderschön geworden, und obwohl Motte sich bis zur letzten Minute dagegen wehrte, spürte sie in sich die zarte Hoffnung aufkeimen, dass es bei den Jacobis vielleicht auch noch so schön werden könnte wie bei den Blums.

Motte legte die gefalteten Servietten neben die Teller. Das hier war auf jeden Fall ein Anfang.

»Ich komme«, rief sie und rannte mit Lou um die Villa herum in Richtung Auffahrt.

Auf der Straße fuhr das Taxi bereits wieder an und Motte hörte die leichten Schritte ihrer Mutter.

Lou blieb etwas zurück, um ihre Cousine vorzulassen.

»Mama, herzlich willkommen zu Hause!«, sagte Motte und trat mit einem unsicheren Lächeln auf ihre Mutter zu.

Frau Jacobi strich ihr übers Haar. »Hallo, Karlotta.«

»Soll ich deinen Koffer nehmen, Mama?«

Ihre Mutter reichte ihr den Griff. »Wenn du möchtest.«

»Hallo, Tante Vanessa!«, begrüßte Lou ihre Tante herzlich.

»Guten Tag, Luise«, Frau Jacobi lächelte ihrer Nichte flüchtig zu und ging den Weg zur Villa hoch. Motte versuchte, mit ihrer Mutter Schritt zu halten. »War es schön?«

»Ja, die Messe war ein großer Erfolg.« Bei diesen Worten hellte sich Frau Jacobis Gesicht auf.

Als Motte den Koffer anhob, entdeckte sie den Aufkleber. Unwillkürlich zuckte sie zusammen. Es waren die zwei verschlungenen A's der *Amicis Argentum.* Natürlich gibt es diesen Aufkleber nicht nur einmal, versuchte sich Motte innerlich zu beruhigen.

Trotzdem löste dieses Zeichen Unbehagen in ihr aus, das sie auch während des Willkommensfestes nicht abschütteln konnte.

Nachdem Lou ihrer Mutter und Grandmère Bescheid gegeben hatte, trafen sie sich alle auf der Terrasse.

Lou verteilte den Kuchen auf die Teller. »Wir müssen unbedingt ein Stück für Papa, Onkel Oliver und die Jungs aufheben.«

Frau Blum nickte. »Papa müsste bald aus dem Naturkundemuseum zurück sein«, sagte sie und schenkte sich und den anderen Tee ein.

Motte hielt ihrer Mutter das Schälchen mit der Sahne hin. »Möchtest du?«

»Danke«, Frau Jacobi schüttelte den Kopf, nahm sich mit der Gabel ein Stück von ihrem Kuchen und blätterte den Katalog auf, der neben ihr auf dem Tisch lag.

»Schmeckt es dir, Mama?«, fragte Motte.

Lou beugte sich vor. »Den Willkommenskuchen hat Motte gebacken!«

Frau Jacobi blickte zerstreut von ihrem Katalog auf. »Er ist dir wirklich gelungen, Schatz.«

Hoffnungsvoll sah Motte sie an. Merkte ihre Mutter, wie viel Mühe sie sich gegeben hatte, um es ihr richtig schön zu machen? »Und die Blumen ...«, setzte sie an.

Doch in diesem Moment blätterte Frau Jacobi eine Seite in ihrem Katalog weiter und hielt ihn Grandmère und Frau Blum unter die Nase. »Seht ihr, dieses Dekor ist Art déco!«

Motte hatte das Gefühl, dass der Kuchen in ihrem Mund immer mehr und mehr wurde. Mühsam schluckte sie. Was war schon ein Kuchen im Vergleich zu echtem Silber?

In dieser Nacht schreckte Motte aus ihren Träumen auf. Es war die erste Nacht, in der Lou wieder im Kutscherhaus schlief und sie allein in ihrem Zimmer war. Zitternd tastete sie nach ihrer Nachttischlampe. Es schien ihr, als würden die Gestalten, die sie in ihren Träumen verfolgt hatten, in den Schatten auf sie warten. Schnell knipste Motte die Lampe an – und die Schatten zogen sich in die Winkel des Zimmers zurück. In ihrem Traum war sie von einer Meute lebendiger A's verfolgt worden. Auf ihren steifen Beinen hatten sie Motte quer durch die Villa gejagt und mit ihren scharfen Spitzen nach ihr gestochen. »Karlotta, was sagst du über uns?! Was sagst du über uns?«, hatten sie mit klappernden Stimmen gerufen. Schaudernd schlüpfte Motte aus dem Bett. Sie wollte nicht wieder einschlafen. Sie fürchtete sich, dass der Traum, dem sie gerade entronnen war, erneut nach ihr greifen könnte.

Mit angehaltenem Atem lief sie an ihrem Schreibtisch vorbei, griff nach ihrer Popkörner-Mappe und flüchtete in ihr Versteck im alten Gästezimmer.

Als sie mit angezogenen Beinen auf ihrem Platz hinter dem bodentiefen Vorhang im ersten Stock kauerte, hörte sie aus dem Nebenzimmer ein Geräusch. Schlagartig stellten sich die feinen Härchen auf Mottes Armen auf. Schon einige Male hatte sie seltsame Laute aus diesem Zimmer gehört, aber in dieser Nacht machte ihr das Knarren der Dielen Angst. War dort jemand? Vielleicht ein großes silbernes A? Und wie war er oder sie oder es hineingekommen? Denn solange Motte denken konnte, war dieser Raum immer verschlossen gewesen – so wie das verbotene Kämmerlein in Blaubarts Schloss. Gleich darauf war es wieder still und Motte beruhigte sich. Sie blickte hinaus in die Nacht. Draußen am dunklen Himmel stand ein großer Junimond. Er war fast voll und in seinem milchigen Licht lag der Garten der Jacobi-Villa ruhig da. *Er schien ihr ins Gesicht. Er schien in ihr Herz.*

Der Mond, dachte Motte, *ist die Nachttischlampe des Himmels, die für alle leuchtet, die nachts aus ihren Träumen fliehen müssen.*

Dann zündete sie die Kerze an, die vor ihr auf der Fensterbank stand. Die kleine Flamme der Kerze und das Mondlicht zusammen waren gerade so hell, dass Motte die Schrift auf dem obersten Blatt ihrer Mappe lesen konnte.

Es war ausgerechnet Billies Star-Steckbrief, über den sie sich in der Schule lustig gemacht hatte – den sie überflüssig und albern gefunden hatte –, der sie jetzt zum Lachen brachte. Hier, in dieser Nacht war er eine willkommene Ablenkung. Sorgfältig begann Motte, die freien Felder auszufüllen. Name: Jacobi. Vorname: Karlotta, genannt Motte. Geboren am 6. März 2001. Adresse: Liebermannstraße 4. Größe: noch 1,44m. Gewicht: passend zur Größe. Hobbies: Klavier (hatte sie das wirklich an erster Stelle geschrieben?), Lesen, die Popkörner! Laster? Was für ein altmodisches Wort. Warum fragte Billie nicht gleich nach Sünden? Aber gut. Zu ihren Lastern zählten sicher ihr Hang zum Kokeln, ihre Lästereien, und wenn sie schon dabei war, ihre weniger netten Eigenschaften aufzuzählen, durfte wohl auch das Lauschen nicht fehlen. Kokeln, lästern und lauschen. Wollte sie das wirklich preisgeben? Noch dazu auf ihrem Star-Steckbrief, der schon bald an der Pinnwand der Lessing-Schule hing. Motte sah wieder aus dem Fenster. Nein, sie hatte eine bessere Idee und sie schrieb hinter den Doppelpunkt: *mondsüchtig*.

14. Song

Electric Lou

Drei Tage später, um viertel vor acht, klopfte Motte an die Tür des Kutscherhauses. Ihr Onkel machte auf.

»Motte! Gut, dass du kommst.«

Motte trat in den engen Flur.

»Ich wollte Lou abholen. Wir müssen los!«

»Allerdings!«, nickte Herr Blum mit einem Blick auf seine Armbanduhr. »Das sage ich meiner Tochter auch schon seit einer halben Stunde.«

»Hat Lou verschlafen?«

Herr Blum schüttelte den Kopf.

»Sie ist im Bad.«

»Lou, eine halbe Stunde im Bad?«, fragte Motte. Das sah ihrer Cousine überhaupt nicht ähnlich.

Herr Blum hob hilflos die Hände. »Keine Ahnung, was sie macht. Aber ich wäre dir sehr dankbar, wenn du sie da irgendwie rausbekommst.« Er fuhr sich mit der Hand übers Kinn. »Ich muss mich noch rasieren, bevor ich Anton in die Schule fahre.«

Als Motte an Antons Zimmer vorbeiging, lugte Lous kleiner Bruder aus seiner grünen Hängematte, die quer

durch das Zimmer gespannt war. »Schließt du dich jetzt auch ein?«

»Ich schließe auf«, sagte Motte und wollte eben an die Badezimmertür klopfen, da öffnete sie sich bereits von innen und Lou zog ihre Cousine herein.

Motte klappte die Kinnlade runter. »Lou!«

»Ich weiß, es ist grauenhaft!«

Motte starrte sie an. »Was hast du mit deinen Haaren gemacht?«

Lou fasste in die krusseligen Wellen, die nach allen Seiten wild von ihrem Kopf abstanden. »Ich, ich wollte mir Locken machen. Für mein Steckbrief-Foto.«

»Wow!«

»Ich weiß.« Lou versuchte, die Wellen mit der Bürste zu glätten, aber davon luden ihre Haare sich elektrisch auf und wurden noch bauschiger.

»Das bringt gar nichts«, sagte Motte. Sie nahm Lou die Bürste aus der Hand. »Du bist total elektrisch.«

Lou schnitt sich im Spiegel eine Grimasse. »Electric Girl geht heute auf gar keinen Fall in die Schule.«

»Ich weiß was.« Motte holte zwei Haargummis aus dem Badezimmerschrank. »Vielleicht hilft das.«

Lou zog die Stirn in Falten. »Geflochtene Zöpfe sind süß für Erstklässlerinnen, aber doch nicht für ein Popkorn!«

Motte schob sie auf den Klodeckel. »Still sitzen!«

Als die beiden fünf Minuten später mit dem Fahrrad zur Schule fuhren, war von Lous Elektromopp nichts mehr zu sehen. Motte hatte ihre Haare auf beiden Seiten vom Scheitel aus in feinen Strähnen fest nach hinten geflochten, den Zopf eingerollt und mit Klemmen festgesteckt, so wie Grandmère es ihr einmal gezeigt hatte. Motte fand, dass Lou mit ihren hohen Wangenknochen, dem schilfgrünen Kleid und der dunklen Leggings richtig super aussah. Wenn sie bei Billies Star-Steckbrief-Sache schon mitmachten, dann richtig! Und auch wenn es kaum zu glauben war, hatte Motte ihren Steckbrief fast fertig ausgefüllt. Unter normalen Umständen wäre sie nie dazugekommen, ihn in Ruhe auszufüllen, aber in der Jacobi-Villa liefen die Dinge eben nicht normal, seit ihre Mutter aus Venedig zurückgekehrt war. Motte dachte an die vergangenen Tage:

Es fing Montag damit an, dass ihre Mutter nicht mit den Kindern aufgestanden war. Motte hatte allein für sich und die Zwillinge Frühstück gemacht. Später, als Motte aus der Schule zurück war, hatte Frau Jacobi im Speisezimmer ihre *Amicis-Argentum*-Unterlagen studiert und war bis zum Abend so beschäftigt, dass sie keinerlei Einwände erhob, als Motte bereits nach einer halben Stunde den Deckel des Flügels leise schloss und zu den Meerschweinchen in den Garten schlich.

Am Dienstag war es nicht anders. Ihre Mutter schlief lange, wandelte mit abwesendem Gesichtsausdruck durch die Villa, vergaß, die Zwillinge zum Tennis zu fahren, und fragte Motte nicht einmal nach ihren Vokabeln.

»So habe ich es mir immer gewünscht«, sagte Motte, während sie mit Lou das letzte Stück zur Schule strampelte.

»Venedig hat deiner Mutter einfach gutgetan«, vermutete Lou.

»Ja«, stimmte Motte halbherzig zu und musste dabei unwillkürlich an die Frau und den Mann vor dem Hotel denken. So schnell wie der Gedanke gekommen war, verdrängte sie ihn wieder. Ihre Mutter war schließlich in Venedig gewesen und nicht in Hamburg.

»Und wir konnten jeden Nachmittag in den Garten zu den Meeries, seit deine Mutter wieder da ist«, erinnerte Lou sie.

»Das finde ich ja gerade so unheimlich«, stieß Motte hervor. »Sie, sie ist sooo anders. Verstehst du. Klar war sie stressig vorher. Sogar megastressig. Aber jetzt ist sie gar nicht mehr sie selbst!«

Sie radelten die Auffahrt zur Schule hoch. »Warum fragst du sie nicht einfach, was los ist?«, schlug Lou vor.

»Ich kann sie nicht einfach fragen«, widersprach Motte.

»Logisch, kannst du!« Lou schob ihr Rad in den Ständer. »Wenn du möchtest, kann ich auch dabei sein«, bot sie an.

Motte ließ ihr Schloss zuschnappen. »Lieber nicht.«

»Hast du denn mit Grandmère darüber gesprochen?«

Motte lachte. »Die ist doch die ganze Zeit mit der Entrümplung unserer Garage beschäftigt«, antwortete sie, froh, das Thema zu wechseln.

Sie gingen die Stufen hoch, die zum Eingang der Schule führten.

»Apropos Garage, wir wissen immer noch nicht, welches Geheimnis hinter der alten Vespa steckt«, seufzte Lou.

15. Song

Der Bluesversteher

Zur ersten Stunde, Musik bei ihrer Klassenlehrerin Frau Korte, kamen Lou und Motte fünfzehn Minuten zu spät. Ihre Lehrerin, die vorne am Smartboard auf einer Weltkarte gerade die Entstehung des BLUES erklärte, warf ihnen einen strengen Blick zu, während die Mädchen auf ihre Plätze huschten.

Rosa, der Lous neue Frisur sofort auffiel, formte tonlos das Wort *Toll!*

Auch Billie musterte Lou aus den Augenwinkeln. Ihr hatte das Hippiemädchen mit der Struppifrisur besser gefallen.

Vorne fuhr Frau Korte fort: »Der Blues hat seine Wurzeln in Afrika.« Sie wechselte zur nächsten Folie, auf der die Radierung eines alten Segelschiffes zu sehen war. »Die gefangenen Afrikaner, die die Strapazen auf den Sklavenschiffen überlebten, brachten ihre Musik mit in die Neue Welt. Diese Musik war für sie oft das Einzige, was ihnen geblieben ist. Sie sangen über das Leid der Sklaverei, aber auch über ihre Hoffnung, eines Tages befreit zu werden. In den Unterkünften der Sklaven ver-

mischte sich schließlich die afrikanische Musik mit den europäischen Klängen zu einer ganz neuen Richtung – dem Blues.«

Frau Korte trat zu ihrem CD-Player. »Ich habe euch heute ein Beispiel mitgebracht. Es ist eine Originalaufnahme von 1921. Macht euch bitte Notizen, was das Lied in euch auslöst.«

Sie schaltete das Lied ein und die ersten Takte klangen durch den Raum.

Mit einem Gähnen zog Brille sich seine Mütze über die Augen. Er fläzte sich neben Josh auf die Tischplatte.

»Oh Mann, bei der Musik krieg ich auch den Blues«, stöhnte er gerade so leise, dass es nur Lou und Motte, Rosa und Billie hören konnten.

Das Schnarren und Knistern der Aufnahme überdeckte fast die Gitarre und die Stimme des Sängers klang uralt.

»Die konnten damals wohl noch nicht digital aufnehmen«, meinte Josh.

»1921?«, fragte David. »Da war noch nicht mal der Computer erfunden!«

Brille sah unter seiner Mütze hervor. »Ehrlich Mann? Keine Computer?«

»Nein«, sagte da Frau Korte, die an ihren Tisch getreten war. »Aber auch, wenn die Menschen von damals quasi noch in der digitalen Steinzeit lebten, waren sie sehr wohl in der Lage, sehr eindrucksvolle Musik zu machen.«

Sie drehte sich zur Klasse. »Was ist euch an dem Lied aufgefallen?«

Motte starrte auf das leere Blatt vor sich. Sie hatte von

dem ganzen Song kein einziges Wort verstanden. Dieses Blues-Englisch war noch viel schwerer zu verstehen als die Dialoge auf ihrer Übungs-CD aus dem Englischbuch.

Josh hob die Hand. »Die Stimme klang müde. Als hätte der Sänger einen echt harten Tag hinter sich.«

Frau Korte nickte. »Ja, das finde ich auch.«

»So wie ich«, seufzte Brille.

Die Klasse lachte.

Rosa meldete sich. »Ich denke, der Sänger ist wirklich alt und er hat ziemlich viel geraucht. Seine Stimme hörte sich so kratzig an.«

»Ich bin überrascht, was ihr alles wahrnehmt«, nickte die Lehrerin begeistert. »Zur Zeit dieser Aufnahme war Joseph Brown 65 Jahre alt und hatte seit seinem zehnten Lebensjahr auf einer Tabakplantage gearbeitet.«

Die Diskussion über den Song ging weiter. Lou, die trotz der schlechten Tonqualität viel vom Text verstanden hatte, erzählte, dass der Song von einem Jungen handelte, der eines Tages sein Messer verliert. Wie er es den ganzen Tag sucht und voller Angst zurückkommt, weil er fürchtet, bestraft zu werden. Doch zu seiner Überraschung wartet vor seiner Hütte ein Mädchen. Das hübscheste, süßeste Mädchen der Farm. Sie hat sein Messer gefunden. Und in dem Moment, in dem sie es ihm zurückgibt, weiß er, dass er keine andere heiraten kann als sie.

Brille, der schon die ganze Zeit mit seinem Stuhl kippelte, fasste sich an den Kopf. »Idiot. Wer heiratet schon wegen eines Messers.«

»Es geht doch nicht um das Messer«, mischte David sich ein. »Er liebt sie, weil sie für ihn das schönste Mädchen der ganzen Stadt ist«, fuhr er fort, ohne zu merken, wie still es in der Klasse wurde. »Und obwohl er schon voll alt ist, denkt er immer noch an sie.«

Frau Korte nickte. »Ja, David. Das hätte ich nicht besser sagen können.« Sie drehte sich um und ging zum Lehrertisch zurück. »Ich teile euch jetzt den Text aus.«

Josh stieß David in die Seite. »Was war denn das für eine peinliche Nummer? Bist du jetzt der Blues-Versteher?«

»Wieso?«, fragte David.

Brille ahmte Davids Stimme nach. »Weil er sie liebt!« Er warf ein Papierkügelchen nach Billie. »Denkst du, wir wissen nicht, wer SIE ist?«

David lief puterrot an. »Ihr habt ja keine Ahnung!«

16. Song

Proberaum verzweifelt gesucht

Als Frau Korte sie nach der Stunde zu sich gerufen hatte, fürchteten Lou und Motte, doch noch einen Rüffel für ihre Verspätung zu kassieren, aber ihre Lehrerin wollte etwas anderes. »Ich habe wegen des Proberaums mit unserem Schulleiter gesprochen. Aber vor den Ferien gibt es leider keine Alternative.«

»Nicht mal irgendeinen kleinen Raum?«, fragte Lou. »Wir brauchen nicht viel Platz zum Proben.«

Frau Korte zuckte bedauernd die Schultern. »Leider nicht. Es tut mir wirklich leid, dass ich euch nicht helfen kann.«

»Puuuh!«, stöhnte Motte enttäuscht. »Das heißt wohl, dass wir bis nach den Ferien nicht mehr üben können.«

Frau Korte nahm ihre Tasche und ging die Stufen ins Erdgeschoss hinunter. »Habt ihr denn keinen Keller, in den ihr für ein paar Wochen unterschlüpfen könnt?«

»Wir wohnen über einer Garage, aber die ist rappelvoll!«, klärte Lou Frau Korte auf.

Die Lehrerin sah zu Motte. »Und bei euch zu Hause geht es wohl eher nicht, oder?«

Motte schüttelte den Kopf. »Meine Mutter *hasst* Popmusik.«

Im Gang vor dem Lehrerzimmer blieben sie stehen. »Und wie sieht es bei Billie aus?«, überlegte Frau Korte. »Ihr Vater ist doch Pastor. Vielleicht könnt ihr dort im Gemeindehaus proben.«

Ein Strahlen erhellte Lous Gesicht. »Frau Korte, das ist eine geniale Idee!« Sie sah Motte an. »Los, wir fragen Billie!«

»Och, nö«, stöhnte Motte.

Doch Lou rannte los.

17. Song

Find-ich-spitze-Sterne

Ich will kurz nachsehen, wie viele *Find-ich-spitze-Sterne* mein Steckbrief schon bekommen hat«, sagte Billie mit wichtiger Miene.

Rosa blickte zu Motte und verdrehte die Augen. »Dabei hat sie ihn erst heute Morgen aufgehängt.«

»Eben. Das ist schon drei Stunden her!« Billie trat zur Pinnwand. »Wooow! 16 *Find-ich-spitze-Sterne!«*

Sie holte ihr Handy aus der Tasche und machte ein Foto von ihrem Star-Steckbrief. »Das muss ich unbedingt posten!« Am unteren Rand des Steckbriefs hatte Billie extra Platz gelassen, sodass alle, die ihr Porträt cool fanden, dort einen *Find-ich-spitze-Stern* hinmalen konnten.

»16 Sterne!« Billie lachte zufrieden.

»Das sagtest du schon«, Motte klopfte gereizt mit dem Fuß auf den Boden. »Aber was ist mit dem PROBERAUM?«

»Ja doch! Ich frag meinen Vater«, erwiderte Billie.

»Es wäre ja nur bis nach den Ferien«, ergänzte Lou.

»Und wenn dein Vater will, könnten wir auch mal in seiner Kirche auftreten«, schlug Rosa vor. »Mit einem Gospel oder so.«

Wie bitte, dachte Motte. »Wir wollten doch den Nirvana-Song nachspielen. *Smells like Teen Spirit* und keine Gospels!«

Lou legte den Arm um Mottes Schulter. »Darüber machen wir uns Gedanken, wenn wir den Raum bekommen.«

»Meinetwegen«, grummelte Motte. »Aber ihr habt es gehört: keine Gospels!«

»Kommt ins Protokoll«, nickte Rosa.

Nach der letzten Stunde verließen die vier Mädchen mit den anderen Schülern die Schule. Draußen schien die Sonne. Genießerisch schloss Lou die Augen. »Ist das schön.«

Rosa blinzelte Billie an. »Und bis wann, meinst du, kann dein Vater uns Bescheid geben?«

»Ich denke, morgen«, antwortete Billie.

»Großartig, Billie!«, strahlte Lou.

»Im Notfall könnte ich auch meine Mutter fragen, ob wir im Theater proben können«, überlegte Rosa.

»Wir finden ganz bestimmt einen Raum«, sagte Lou zuversichtlich.

Billie setzte ihre Sonnenbrille auf. »Und bis dahin, schlage ich vor, verlegen die Popkörner ihre Bandtreffen einfach ins Freibad!«

»Find ich gut«, sagte Motte. »Endlich ein *vernünftiger* Vorschlag.« Vielleicht brachte sie das ja auf andere Gedanken.

Lou und Rosa wechselten verblüfft einen Blick.

»Hast du gemerkt? Die zwei sind einer Meinung!«, sagte Lou mit gespieltem Ernst.

»Ich hab Angst!«, frotzelte Rosa.

Und dann fingen sie alle vier an zu lachen.

18. Song
Schnappschüsse unter Palmen

Im Schwimmbad fiel es Lou ein: Sie hatte ja noch immer nicht die Fotos für ihren Star-Steckbrief gemacht. Und wenn sie gleich mit den anderen ins Wasser hüpfte, wäre das Kunstwerk, das Motte mit ihrem Haar vollbracht hatte, zerstört.

»Wartet mal!«, rief sie, blieb stehen und fing an, ihre große geblümte Stofftasche zu durchsuchen.

Die anderen drehten sich zu ihr um.

»Hast du dein Badezeug vergessen?«, fragte Motte.

Lou schob ihr Handtuch zur Seite. »Nein.« Sie überlegte. Hatte sie ihr Handy mitgenommen oder zu Hause gelassen? Sie fischte die Sonnencreme, die Kekspackung und die Wasserflasche aus ihrer Tasche – nur das Handy tauchte nicht auf. Es hatte genau wie Billies Handy eine Kamera, aber offensichtlich lag es noch auf ihrem Schreibtisch im Kutscherhaus. Lou stopfte alles zurück in die Tasche. »Hat eine von euch einen Fotoapparat dabei?«

»Willst du Fotos von dir als Badenixe machen?«, fragte Motte.

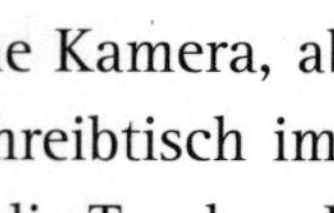

»Ich brauch doch noch mein Bild für den Steckbrief!«

»Ich auch«, antworteten Motte und Rosa wie aus einem Mund.

Billie blickte die drei fassungslos an. »Ich dachte, die sind längst fertig!«

Motte zog die kleine Reißverschlusstasche ihres Rucksacks auf und holte ihr Handy heraus. »Sind sie ja auch – fast.«

»Klasse! Wir machen schnell die Bilder von uns«, sagte Lou, »und dann ab ins Wasser.«

Billie ging empört dazwischen. »Ihr wollt doch nicht so einen Schnappschuss für eure Popkorn-Star-Steckbriefe nehmen.«

Aber Motte ließ den Blick bereits über den Eingangsbereich des Sophienbads schweifen. Links ging es zu den gemauerten Umkleiden und weiter hinten befand sich der Kiosk. Die Terrasse war wie ein Palmenstrand gestaltet. »Das ist doch der perfekte Hintergrund.« Grinsend zeigte sie auf eine kleine künstliche Palme.

»Das ist nicht perfekt, das ist albern!«, rief Billie entsetzt. »Damit bekommt ihr garantiert keine *Find-ich-spitze-Sterne!*«

Doch Motte, Lou und Rosa ließen sich nicht aufhalten und so verschwand Billie schmollend in die Umkleidekabine.

Zuerst lehnte Lou sich gegen die Palme. Dann war Rosa an der Reihe.

»Wir nennen die Bilder *Popkörner unter Palmen,* schlug Motte vor, als sie den anderen die Fotos zeigte.

Lou zupfte ihr das Handy aus der Hand. »Und jetzt bist du an der Reihe.«

Die drei alberten so sehr herum, dass sie weder merkten, wie Billie aus der Umkleide trat und auf sie zukam, noch dass Josh, David und Brille sie von der Kasse aus beobachteten.

Lou gab Motte gerade das Handy zurück, als sie Brilles Stimme erkannte. »Seht mal, die Popkörner spielen in der Sandkiste.«

Motte, Lou und Rosa drehten sich um.

»Irrtum«, erwiderte Lou schlagfertig. »Das war ein Fotoshooting.«

»Was machen die denn hier?«, flüsterte Motte Lou zu.

»Im Zweifel baden«, gab Rosa ebenso leise zurück. Dabei vermied sie es, David anzusehen, der hinter Brille und Josh auf seinem Board kippelte.

»Ich bin schon mal oben auf der Wiese«, sagte Billie und stolzierte mit ihrer Tasche an den anderen vorbei.

Für einen Moment starrten ihr Josh und Brille wie hypnotisiert hinterher.

Nur David, dem seine blonden Haare in die Augen hingen, beachtete Billie nicht. »Wollt ihr hier festwachsen oder kommt ihr mit?«, fragte er seine Kumpels.

Während die Jungs ihre Handtücher rechts vom großen Becken ausbreiteten, lagen die Mädchen unter den Bäumen auf der linken Seite.

Billie, die sich als Erste eingecremt hatte, stand auf. »Ich geh ins Wasser.«

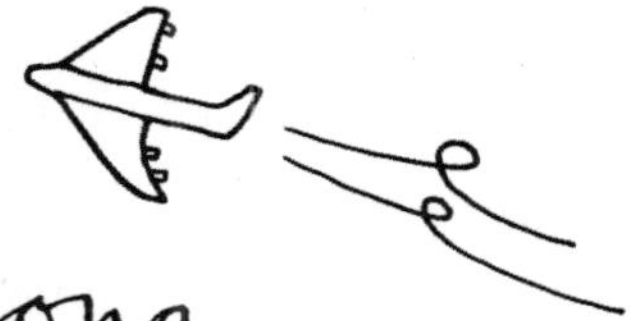

19. Song

Auf die nassen Pudel!

Motte blickte zum Ein-Meter-Brett, wo Brille gerade mehrere Male federte und kurz darauf mit einem lauten Klatschen im Wasser landete. »Ich warte, bis die Jungs wieder draußen sind.«

Lou und Rosa standen auch auf. »Sei kein Frosch, Motte«, sagte Rosa.

»Mit denen werden wir doch locker fertig«, versicherte Lou.

Billie drehte sich bereits unter der kalten Dusche vor dem Becken. Die Wasserstrahlen glitzerten wie tausend Perlen in der Sonne und Billie juchzte, bis auch der Letzte mitbekommen hatte, dass *Billiestar* auf dem Weg ins Wasser war.

»Los, komm schon!«, drängelte Lou und streckte Motte die Hand hin.

»Nö«, sagte Motte und drehte sich auf den Bauch. »Das Wasser ist bestimmt eiskalt.«

Lou zuckte die Schultern. »Ich geh rein!«, sagte sie und lief zu Rosa, die gerade die Leiter zur Rutsche hochstieg.

In diesem Moment entdeckte Motte Josh, der auf dem

Startblock an der letzten Bahn stand und mit einem Köpfer ins Wasser sprang. Sie reckte den Hals. Von der anderen Seite lief Billie zu einem der Nachbarstartblöcke. Nach ihrem Sprung ins Wasser tauchte sie prustend wieder auf. Die roten Locken hingen nass um ihr Gesicht. Ungelenk begann sie, hinter Josh herzukraulen. *Was sollte das denn werden,* fragte sich Motte. War doch etwas zwischen Billie und Josh? Seit dem Konzert der Fjordies vor ein paar Wochen, als Motte Zeugin dieses komplett überflüssigen Kusses geworden war, versuchte sie, sich nichts anmerken zu lassen. Doch in diesem Moment entdeckte Motte Felix, Joshs älteren Bruder, der nur wenige Meter hinter dem Becken mit seinen Kumpels Frisbee spielte. Motte entspannte sich. Offenbar hatte Billie es gar nicht auf Josh, sondern seinen älteren Bruder abgesehen. Nur Felix schien für Billies Bemühungen blind und taub zu sein.

Motte drehte sich auf den Rücken und sah in den ultramarinblauen Himmel über ihr. Sehr weit oben zeichnete ein winziges Flugzeug eine weiße Linie in das Blau. Und je länger ihr Blick in das Blau eintauchte, desto mehr verlor sich das Gefühl, nach oben zu schauen. Sie streckte ihre Beine und versuchte, mit ihrem Zeh die tagblaue Oberfläche des Weltalls zu berühren.

In diesem Augenblick erklang ein wildes Kreischen vom Schwimmbecken.

Motte schreckte hoch. Im Nichtschwimmerbereich rang Billie mit Brille. Er war zu Billie rübergetaucht, und als sie am Beckenrand wenden wollte, hatte er sie gepackt und untergetaucht.

»Lass mich sofort los!«, schrie Billie. »Sonst …« Der Rest ihrer Drohung ging in einem Blubbern unter.

»Sonst was?«, lachte Brille übermütig und tunkte sie wieder unter.

»Schnell, wir müssen Billie retten«, hörte Motte ihre Cousine rufen, die Billie gemeinsam mit Rosa zu Hilfe eilte. Sie rannten um das Becken.

»Attacke!«, schrie Rosa und hüpfte ins Wasser.

»Auf das Wassermonster«, rief Lou und sprang hinterher.

Motte verfolgte, wie Rosa und Lou Brille in die Zange nahmen und eine Wasserfontäne nach der anderen über ihm zusammenbrechen ließen.

Brille schlug im Wasser lachend um sich. »Oh, ihr Popkörnchen. Da müsst ihr euch aber etwas mehr ins Zeug legen.« Er winkte David zu, der von der Rutsche rübergeschwommen kam. »Lass uns Popkörner versenken!«

Schon war David an Brilles Seite und nun versuchten sie, Rosa unterzutauchen. David hatte schon ihren Fuß gepackt, aber da warfen sich Billie von der einen und Lou von der anderen Seite auf ihn und befreiten Rosa.

»Nur zur Info«, prustete Lou, »Popkorn schwimmt immer oben!«

»Auf die nassen Pudel!«, rief Rosa.

»Lassen wir sie untergehen!«, feuerte Billie sie an und klatschte mit beiden Händen so aufs Wasser, dass Brille ein dicker Schwung ins Gesicht spritzte.

Josh tauchte direkt neben Brille und David auf. »Gibt's Stress, Jungs?« Er drehte sich grinsend zu den Mädchen.

»Wollen wir mal sehen, wer hier untergeht.« Mit diesen Worten holte er tief Luft und tauchte weg.

»Er schwimmt zu mir. Er schwimmt zu mir!«, kreischte Billie aufgeregt. »Hilfe!«

Nun hielt es auch Motte nicht mehr auf ihrem Handtuch. Ein Haufen nasser Pudel versuchte, die Popkörner zum Kentern zu bringen. Ohne weiter nachzudenken, rannte sie zum Becken und sprang ins Wasser. »Achtung, Josh greift euch von hinten an!«, rief sie Rosa und Lou warnend zu. Dann war Motte mittendrin in der Wasserschlacht.

20. Song

Wer badet, wird nass

Lou hängte ihr nasses Handtuch auf die Wäscheleine, die hinter der Jacobi-Villa im Garten aufgespannt war. »Ich bin platt wie ein Pfannkuchen!«

»Ich auch!«, stöhnte Motte und drückte den letzten Rest Wasser aus ihrem Bikini. »Und außerdem habe ich das halbe Schwimmbecken leer getrunken!«

»Du warst auch mehr *unter* als über Wasser«, grinste Lou.

»Wenn ich schon ins Wasser gehe, dann richtig.« Motte hängte ihr Handtuch neben den Bikini. »Tauchen ist doch das Beste.«

Sie nahmen ihre Taschen und gingen über die Wiese zurück zum Kutscherhaus, wo sie sich auf die untersten Stufen der Treppe setzten. »Hast du gesehen, wie oft David Rosa ins Wasser geworfen hat?«, fragte Lou. »Mindestens tausendmal.«

»Ja, das war echt komisch«, fand Motte. »Ich meine, dafür, dass er auf Billie steht.«

Lou legte nachdenklich den Kopf schief. »Wenn einer der Pudel auf Billie steht, dann ist das Brille! Er hat sie durch das ganze Schwimmbad gejagt.«

»Der wollte nur seine Mütze wiederhaben«, grinste Motte.

Lou kicherte. »Ich glaube, ich habe Brille noch nie ohne Mütze gesehen. Wusstest du, dass er Locken hat?«

Motte überlegte. »Ich erinnere mich dunkel. Er trägt die Mütze schon seit der Fünften.«

Erschöpft lehnte sich Lou gegen das Treppengeländer. »Ich glaube, tief in ihrem Herzen mag Billie ihn auch.«

Motte verdrehte die Augen. »Das muss aber sehr tief sein.«

»Ist doch besser, als wenn Billie mit Josh…« Lou biss sich auf die Lippen. Sie wusste, dass Motte noch immer in Josh verliebt war. Auch wenn ihre Cousine seit dem Vorfall bei dem Konzert der Fjordies nicht mehr darüber sprach und sie es sich in der Schule nicht anmerken ließ, hatte Lou registriert, dass Motte auf jedes Wort zwischen Billie und Josh wie ein Seismograf reagierte.

Motte blinzelte Lou aus den Augenwinkeln an. »Josh kann machen, was er will«, schnaubte sie und stand auf.

Auch Lou kam hoch. »Hey, Motte«, sagte sie. »Ich bin sicher, dass er sich nichts mehr aus Billie macht.«

»Und was macht dich da so sicher?«

»Na, er hat Billie heute zum Beispiel nicht mehr beachtet als uns alle.«

»Und wennschon«, sagte Motte schulterzuckend, während sie sich bemühte, möglichst gleichgültig zu klingen. Sie nahm ihre Tasche. »Ich muss rein. Mathe!«

Lou seufzte. »Ich auch. Komm doch nach dem Essen rüber. Dann rechnen wir die Übungsaufgaben gemeinsam zu Ende.«

21. Song

Ertappt!

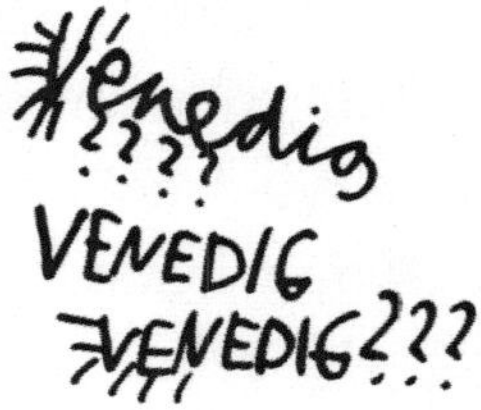

Während Motte über die Terrasse auf die Verandatür zulief, ging ihr durch den Kopf, was Lou gesagt hatte. Konnte es wirklich sein, dass Josh gar nicht mehr in Billie verknallt war? Es spielte natürlich überhaupt keine Rolle, denn Hoffnungen wollte sie sich auf gar keinen Fall machen. Dennoch fiel Motte jetzt ein, wie Josh während der Wasserschlacht immer wieder zwischen ihr, Lou und Rosa aufgetaucht war und nicht bei Billie. Und noch etwas fiel ihr ein: Als sie nach der Wasserschlacht alle auf der Wiese lagen, hatte Brille Billie ein Eis spendiert und nicht Josh. Beschwingt lief sie über die Terrasse zu den großen Flügeltüren, die in das Speisezimmer der Villa führten. Motte wollte eben den weißen Vorhang zur Seite schieben, der sich wie ein Segel aufblähte, als sie die Stimme ihrer Mutter innehalten ließ.

»Für mich war es auch wunderbar«, sagte ihre Mutter in einer ungewohnt sanften Tonart.

Motte zögerte. Jetzt war der Moment, den Vorhang zur Seite zu schieben. Stattdessen blieb sie stehen. Ihre Mutter lachte leise. »Ja, ich könnte auf der Stelle wieder fahren!«

Mottes Herz schlug hart gegen ihren Brustkorb. Mit wem sprach ihre Mutter? Sie schob den Vorhang auf und stolperte in das Esszimmer. »Bin wieder da!«

Frau Jacobi zuckte zusammen, sodass ihr beinahe das Handy aus der Hand fiel. »Karlotta!«

»Hi, Mama.« Motte sah, wie ihre Mutter hastig an dem Telefon herumdrückte und es dann so ruhig wie möglich ausschaltete. »Alles in Ordnung?«

»Was sollte denn nicht in Ordnung sein?«, fragte ihre Mutter und lächelte Motte dabei an.

Motte ließ sich nicht beirren. »Wo könntest du auf der Stelle wieder hinfahren?«

Ihre Mutter unterdrückte ein nervöses Kichern. »Ich weiß nicht, wovon du sprichst.«

»Ich wollte wirklich nicht lauschen, aber ich habe es gehört«, sagte Motte, die ihre Tasche umklammerte. »War das Papa am Telefon, willst du mit Papa wegfahren?«

Nun konnte ihre Mutter das Lachen nicht länger zurückhalten. »Oh ja, das ist eine tolle Idee. Ich und dein Vater…«

Was gab es da bitte zu lachen? »Ich hab's doch genau gehört!«, fuhr Motte sie an. »Dass du auf der Stelle wieder hinfahren könntest! Meinst du Venedig? War das dein Freund am Telefon?«

Nun war es heraus! Motte wusste selbst nicht, woher dieser Satz gekommen war.

Frau Jacobi starrte ihre Tochter an. »Mein Freund?«

Für einen winzigen Moment hoffte Motte, ihre Mutter würde ihr einfach erklären, mit wem sie telefoniert hatte. Stattdessen gluckste Frau Jacobi nur wieder. »Oh, Karlotta. Du hast wirklich eine blühende Fantasie. Mein Freund … köstlich.« Kopfschüttelnd kam sie auf Motte zu. »Von mir hast du das nicht geerbt. Aber im Ernst Karlotta«, sie sah Motte tief in die Augen, »du weißt doch, dass ich für die *Amiciis Argentum* in Venedig war. Wir zwei haben doch sogar telefoniert.«

»Schon, aber …«, setzte Motte an.

»Kein Aber!«, schnitt Frau Jacobi ihr das Wort ab. »Wir wollen es mit den Märchen nicht zu weit treiben, oder?«

Motte hielt dem Blick ihrer Mutter stand. »Nein, Mama.«

Frau Jacobi seufzte theatralisch.

Bitte, dachte Motte, *erklär mir, mit wem du da gerade telefoniert hast.* Aber die Augen ihrer Mutter waren wie zwei verschlossene Tore, an denen ihre stumme Bitte abprallte, und Motte blieb mit ihren Fragen und Zweifeln allein.

22. Song

Motte muss reden

Vor Mottes Augen tanzten die Zahlen: (-6) · 15 + (-18) · 6. Zum zehnten Mal las sie den blauen Kasten in ihrem Mathebuch: *Das Kommutativgesetz der Multiplikation. Faktoren dürfen vertauscht werden: a · b = b · a.* So logisch die Formel klang, sie half Motte nicht weiter. Während sie sich noch immer die Zähne an der ersten Aufgabe ausbiss, hatte Lou, die neben ihr am Schreibtisch saß, schon mit dem zweiten Aufgabenblock begonnen. Sie musste sich konzentrieren! MINUS 6 MULTIPLIZIERT MIT ... MIT ... *Venedig?* Motte unterdrückte ein Stöhnen. Daran wollte sie nicht denken! Doch die Zweifel, die sie seit dem Streit mit ihrer Mutter quälten, ließen ihr keine Ruhe. Sie tauchten überall auf. Sie schoben sich zwischen die Aufgaben. »Warum hat sie so panisch das Telefongespräch beendet?«, flüsterten die Formeln Motte zu. Sie huschten zwischen den Zeilen ihres Buches. »Mit wem hat sie gesprochen?«, schienen die Zahlen, die Motte multiplizieren wollte, zu fragen. Ja, sie drängten sich sogar in die Fotos, die Lou an ihrer Zimmerwand aufgehängt hatte. »Es sind nur Märchen,

Märchen, Märchen«, echote der Orca, der auf dem Foto durch das Wasser zog.

»Motte?« Lou hatte sich auf ihrem Stuhl zu ihr gedreht und sah sie besorgt an. »Alles in Ordnung?«

Motte blinzelte. Die Stimmen in ihrem Kopf wurden leiser. »Ich, ich häng hier fest«, sagte sie und tippte mit ihrem Stift auf den Notizblock auf ihrem Schoß.

»Zeig mal her.« Lou setzte sich neben sie aufs Bett, um einen Blick auf das Papier zu werfen. Die ganze Seite war vollgekritzelt mit Fragezeichen, wild durchgestrichenen Buchstaben – vor allem Doppel-A's – und einem Wort, das sich immer und immer wiederholte: VENEDIG!!! Erst als Lou ganz genau hinschaute, entdeckte sie am oberen Rand die erste Matheaufgabe. Die winzigen Zahlen gingen in dem Gekritzel total unter. Fragend sah Lou sie an.

Motte senkte den Blick. Sie wusste doch gar nicht, was sie vor dem Hotel gesehen hatte. Vielleicht war es wirklich nur eine Fata Morgana gewesen. Ein Trugbild. Eine zufällige Spiegelung. War sie denn so sicher, was sie gesehen und was sie gehört hatte? Der nervöse Blick ihrer Mutter. Der warnende Unterton, als sie sagte, Motte solle es mit den Märchen nicht zu weit treiben. War das alles Einbildung? Motte fühlte noch immer Lous Blick auf sich. »Erzähl doch«, flüsterte Lou und zeigte auf Mottes Gekritzel. »Was bedeutet das?«

Motte lehnte sich gegen das verschnörkelte Kopfende des Bettes, zog die Beine vor die Brust und legte den Kopf auf ihre Knie. »Du darfst mit niemandem darüber sprechen! Nicht mit deinen Eltern und auch nicht mit Grandmère!«, sagte Motte und dann vertraute sie Lou alles an. Alles, was geschehen war, seit dem Tag, an dem sie mit dem Bus zu CÄM fahren wollte. Von der Frau, die von hinten haargenau so aussah wie ihre Mutter. Von dem Mann mit dem grässlichen Hut und dem Aufkleber der *Amiciis Argentum* auf seinem Koffer. Davon, wie ihre Mutter sich verändert hatte, Dinge erlaubte, die vorher undenkbar gewesen waren. Zerstreut war und nervös reagierte, sobald Motte das Zimmer betrat. Wie Motte an diesem Nachmittag in das Speisezimmer gekommen war und ihrer Mutter vor Schreck beinahe das Handy aus der Hand gefallen wäre. Lou hörte zu.

»Meine Mutter hat uns alle belogen«, stieß Motte hervor. »Sie ist am Donnerstag nicht nach Venedig gefahren, sondern in ein Hotel. Und dort ...«, sie stockte. »... hat sie sich mit diesem Mann getroffen.«

»Das glaube ich nicht!«, sagte Lou fest. »Sie hat doch aus Venedig angerufen.«

Motte zog eine Schachtel Streichhölzer aus der Hosentasche. »Das war aber Freitagvormittag. Sie kann von Donnerstag auf Freitag hier in Hamburg im Hotel übernachtet haben und ist dann erst am nächsten Morgen nach Venedig geflogen.«

Lou machte dicke Backen. »Liest du gerade einen Krimi?«

»Aber ich habe sie mit eigenen Augen gesehen, Lou!«

»Von hinten!«

»Würdest du deine Mutter von hinten nicht erkennen?«

Motte riss das erste Hölzchen an. »Der Bus hat direkt vor dem Hotel gehalten! Und außerdem, warum sagt sie mir, ich soll still sein, wenn sie nichts zu verbergen hat?«

Lou beobachtete, wie Motte das nächste Streichholz an der Flamme des ersten entzündete.

»Nur mal angenommen, du hast eine Doppelgängerin deiner Mutter gesehen und sie war tatsächlich von Donnerstag bis Sonntag in Venedig. Wie würdest du an ihrer Stelle reagieren, wenn deine Tochter dir vorwirft, du seist heimlich mit deinem …«, sie zögerte, »… Freund verreist?«

Motte ließ die verkohlten Hölzer auf ihren Notizblock fallen.

Von diesem Standpunkt aus hatte sie die Sache noch gar nicht betrachtet. Sie hatte so vor Wut geschäumt, dass sie gar nicht auf die Idee gekommen war, sich in die Lage ihrer Mutter zu versetzen. »Klar, wäre ich stinksauer«, gab sie zu.

»Ist es nicht möglich, dass sie deshalb so schroff reagiert hat?«, fragte Lou.

Es war so verlockend, Lou auf diesem Gedankenweg zu folgen. Nachdenklich zerdrückte Motte die abgebrannten Hölzchen und verrieb den Ruß auf dem Papier. Sie konnte zu ihrer Mutter gehen und sich für ihren Ausbruch entschuldigen. Aber was sollte das bringen? Denn eigentlich spürte Motte, dass noch viel mehr hinter dem seltsamen Verhalten ihrer Mutter steckte.

»Möglich ist vieles«, sagte Motte. »Aber mein Bauchgefühl sagt etwas anderes!«

Lou stand auf, ging zum Fenster und machte es auf. Unten im Garten hockten Anton, Till und Ole vor dem Stall und fütterten die Meerschweinchen mit Löwenzahn. »Was sagt Onkel Oliver? Hast du mit ihm …?«, setzte Lou an, ohne die Frage zu beenden.

»Nein!«, erwiderte Motte heftig. »Ich habe das NIEMANDEN erzählt – außer dir.«

Lou ließ sich auf den Boden vor ihr Bett sinken. Sie überlegte, wie sie sich fühlen würde, wenn ihre Mutter einen Freund hätte. In der neuen Klasse fielen ihr auf Anhieb zwei Klassenkameraden ein, deren Eltern getrennt waren: Davids Eltern zum Beispiel und Lisas. Lou wusste, so eine Trennung konnte jede Familie treffen, wie eine fiese Grippe. Plötzlich war sie da und man lag k. o. am Boden. Obwohl Lou davon überzeugt war, dass es in jeder auch noch so verzwickten Lage einen Ausweg gab, wollte ihr in diesem Moment keiner einfallen. Wie sollte sie Motte trösten, falls das mit ihrer Mutter stimmte? Was sollte sie ihr raten?

»Und was willst du jetzt tun?«, fragte Lou.

Motte warf ihre leere Streichholzschachtel wie eine Basketballspielerin in Lous Papierkorb. »Du hast keinen Laptop? Oder?« Sie ließ den Blick über Lous Schreibtisch und das danebenstehende Regal gleiten. »Ich … ich würde gern etwas nachsehen.«

»Ist deiner kaputt?«, fragte Lou überrascht.

Motte blickte durch das vordere Fenster zur Villa rüber. »Nein.« Sie biss sich auf die Lippen. »Aber ich möchte auf keinen Fall, dass meine Mutter es mitbekommt.«

Lou stand auf und zog die Bodenluke hoch. »Ich frag Pa, ob wir seinen benutzen können.«

Lou verschwand durch die Luke nach unten. Motte schloss erschöpft die Augen. Der Gedanke an das, was sie gleich im Internet suchen wollte, schnürte ihr die Kehle zu.

»Nimmst du mal das Kabel!«, rief Lou kurze Zeit später von unten.

Motte kam an die Luke und nahm Lou das Kabel ab. Dann kam Lou mit dem Laptop die Leiter hochgeklettert. Sie legte ihn auf ihren Schreibtisch, stöpselte die Kabel ein und klappte den Bildschirm hoch.

Motte setzte sich auf Lous Stuhl. »Ich will jemanden suchen.«

»Meinst du jemanden mit Hut?«

Motte öffnete die Suchmaschine. »Du hast es erraten.«

Auf dem Bildschirm baute sich langsam die Seite auf. Lou sah zur Bodenluke, die noch immer offen stand. Sie stand auf und schloss sie leise. Nun war sie sicher, dass niemand sie und Motte hören konnte. »Wie willst du ihn im Netz finden? Es gibt doch Millionen Männer mit Hut.«

Am Laptop fing Motte an, ein Stichwort einzugeben. »Auf seinem Koffer war der Aufkleber der *Amiciis Argentum.«*

»Der Silberbesteck-Club deiner Mutter?«

»Ja«, nickte Motte. Im Suchfeld leuchteten die Worte *Amiciis Argentum.* Für ein paar Sekunden flatterten Mottes Finger über der Entertaste, dann drückte sie.

Vor ihnen baute sich die Seite auf: Auf einer festlich gedeckten Tafel flackerten auf zwei silbernen Leuchtern Kerzen. An jedem der Plätze stand ein Kärtchen mit dem Namen des Bestecks, das dort auslegt war: Wellner, Robbe & Berking, Dixon. Und in der Mitte der Tafel blitzten die zwei großen verschnörkelten A's des Clubs auf.

»Das sieht aus wie in einem Film«, staunte Lou.

»Ja, und wir suchen einen der Darsteller«, murmelte Motte, während sie die Namen der Reiter überflog. *»Aktuelles. Über uns. Termine. Veröffentlichungen. Mitglied werden. Kontakt.«* Motte klickte auf Aktuelles. Unbewusst hielt sie die Luft an und wappnete sich. Die neue Seite ging auf. Eine Liste von Überschriften erschien. Gleich bei der ersten fühlte Motte, wie ihr ein Schauer über den Rücken lief. »Die Jahrestagung der *Amiciis Argentum* in Venedig.« Das war es, was sie suchte! Es gab sicher auch Bilder von den Teilnehmern. Immer ungeduldiger schob sie den Balken nach unten. Text. Text. Text. Wann kamen endlich die Fotos? Motte wollte beinahe aufgeben, als sie den Link unter dem Artikel entdeckte. »Pic.Mitgl.«, las sie und sah zu Lou, die sich neben ihr über den Laptop beugte.

»Pic. Könnte die Abkürzung für Pictures sein«, überlegte Lou.

Mit einem Doppelklick gab Motte den Befehl zum Öffnen. Die nächste Seite ploppte auf, in deren Mitte ein Dialogfeld erschien, das mit *Interner Mitgliederbereich* überschrieben war.

»Verflixt!« Motte rückte ein Stück vom Tisch ab. »Um da reinzukommen, brauchen wir ein Passwort.«

Lou atmete unmerklich auf. Nach einem kurzen Augenblick beugte Motte sich wieder vor. »Dann probieren wir eben etwas anderes«, sagte sie zu dem Computer und öffnete die Seite *Team,* die hinter dem *Unter-Uns-Button* versteckt war. Und plötzlich erschienen vier Fotos auf dem Bildschirm.

Frau Distelmüller, Büroleitung. Frau Bender, Assistentin. Herr Dr. Hofmann, Kurator. Herr Prof. Dr. Kusser, Geschäftsführer. Obwohl der Mann auf dem Foto keinen Hut trug, erkannte Motte ihn sofort. »Das ist er!«

Lou blickte ihr über die Schulter. Sie schätzte den Professor auf Mitte fünfzig. Er hatte silberblonde Albert-Einstein-Locken, schmale Lippen und seine Krawatte war mit winzigen Gabeln und Messern bestickt.

23. Song Alles klar?

Eine leere Seite

Am nächsten Morgen schrieb die 6b ihre Mathearbeit. Frau Korte hatte A- und B-Arbeiten verteilt, sodass niemand abschreiben konnte, und saß nun über einem aufgeschlagenen Heft vorne hinter ihrem Lehrertisch und korrigierte. Lou machte gerade eine Nebenrechnung für die letzte Aufgabe, als Rosa sich räusperte. Lou sah von ihrer Aufgabe auf. Mit der Hand, die unter ihrem Arm steckte, machte Rosa ein Zeichen zu Motte. Vorne blätterte Frau Korte geräuschvoll die Seite um. Rosas Kopf wandte sich blitzartig wieder ihrem eigenen Heft zu.

Lou blinzelte zu Motte rüber. Ihre Cousine saß tief gebeugt über dem Heft und schien sehr konzentriert zu rechnen. Lou schob ihren Ellenbogen im Schneckentempo über den Tisch, bis sie Mottes Arm berührte und ihn sachte anstieß. *Alles klar?,* schrieb sie auf den Rand ihrer Kladde.

Motte nickte kaum merklich und schob unauffällig ihr Blatt rüber.

Lou zog die Stirn kraus. Das war nicht die Mathearbeit, sondern der Songtext von *Smells like Teen Spirit,* den

Motte gerade ins Deutsche übersetzte. Hastig kritzelte Lou die nächste Frage auf ihren Block. *Bist du schon fertig???*

Motte hob lächelnd die Augenbrauen und zog ihr Blatt zurück. Als zwei Minuten später die Schulglocke zur Pause läutete, stand Frau Korte vorne auf. »Rechnet eure Aufgabe zu Ende und dann ist Schluss.«

Lou sah es, als Motte ihr Heft zuklappte. Bis auf das Datum, das Motte in die Ecke geschrieben hatte, war die Seite vollkommen leer!

Frau Korte kam rum und sammelte die Hefte ein. »Kommt jetzt zum Schluss«, forderte sie die Klasse noch einmal auf. Sie nahm Mottes und Lous Heft und ging zum nächsten Tisch.

Motte grinste Lou an. »Mach nicht so ein Gesicht!«

»Du hast ein leeres Blatt abgegeben!«, erwiderte Lou entgeistert.

Motte packte ihre Stifte weg. »Eine weniger, die Frau Korte korrigieren muss.« Sie stand auf. »Komm, lass uns rausgehen.«

Vom Nebentisch kicherte Billie. »Erzähl keinen Mist! Hat sie nicht!«

Rosa und Billie kamen zu Motte und Lou. Billie konnte sich kaum halten vor Lachen. »Rosa ist heute voll schräg drauf!«, gackerte sie mit einem Blick zu Motte. »Sie meint, du hast ein leeres Blatt abgeben.«

Motte machte ein ungerührtes Gesicht. »Schon möglich, Billie.«

Billie tippte sich gegen die Stirn. »ERNSTHAFT? Ist das gaga! Aber dann bekommst du eine 6!«

»C'est la vie«, erwiderte Motte und schlenderte aus dem Klassenzimmer. Billie starrte ihr hinterher.

»Ist sie wirklich so cool oder nur wahnsinnig?«, fragte Billie Rosa und Lou.

»Beides?«, vermutete Rosa.

Lou zuckte wortlos die Schulter und beschleunigte den Schritt, um Motte einzuholen. »Warum bist du heute nicht zu Hause geblieben?«, flüsterte sie Motte zu. »Du hättest nachschreiben können.«

»Mir doch egal!«, erwiderte Motte und steckte ihre Hände in die Hosentaschen.

24. Song

Rosas Starporträt

Als Motte in ihre Hosentasche griff, fühlte sie, ob der kleine Zettel noch da war. Sie umschloss ihn fest mit der Hand. *957 98 971*. Sie konnte die Telefonnummer bereits auswendig. Es war die Nummer vom Büro der Silberfreunde, die sie sich am vorherigen Nachmittag bei Lou aufgeschrieben hatte. Seitdem brannte dieser Zettel in ihrer Tasche. In dieser Pause wollte sie Lou bitten, für sie im Büro der Silberfreunde anzurufen. Sie mussten nur noch irgendwie Rosa und Billie abschütteln. Gerade als sie Lou fragen wollte, ob sie nicht unter irgendeinem Vorwand zurück in die Klasse gehen wollten, dem einzigen ruhigen Ort in der Pause, wurden sie von Rosa und Billie auf den letzten Stufen eingeholt.

»Wir wollen zur Pinnwand. Kommt ihr mit?«, fragte Rosa.

»Logo kommen sie mit!«, verkündete Billie. »Heute enthüllen wir das zweite Starporträt!«

Lou und Motte wechselten einen schnellen Blick. Motte nickte zögernd und ließ den Zettel in ihrer Tasche los.

Es hatte einer kleinen Diskussion bedurft, bevor Billie bereit war, ihr Starporträt abzunehmen, um so Platz für Rosas Steckbrief zu machen. Aufgeregt rollte Rosa den DIN-A3-Bogen auf und hängte ihn mit vier Reißzwecken an die Pinnwand.

»So, das wär's«, sagte sie und drehte sich zu den anderen. »Wollen wir auf den Hof?«

Lou trat einen Schritt näher. »Woooh! Das Foto ist echt super!«

Rosa lief rot an.

Motte, die sich an die gegenüberliegende Wand gelehnt hatte, kam zu ihnen rüber.

»Das ist aber nicht unser Schwimmbadfoto«, stellte sie fest.

Rosa schüttelte den Kopf. »Das war auch klasse, aber meine Mutter hat mir extra ein Popkorn-T-Shirt gemacht und da habe ich noch mal ein neues Foto gemacht.«

»So eins will ich auch!«, rief Billie.

»Warum nehmen wir es nicht alle, als Band-T-Shirt?«, schlug Lou vor.

Motte musterte das T-Shirt, das Rosa auf dem Foto trug. Es war weiß und kam somit für sie gar nicht infrage. Aber die Popcornschachtel und der Schriftzug *Die Popkörner,* der quer über die Brust lief, sahen ziemlich gut aus.

»Du nimmst eins in Schwarz mit weißem Aufdruck«, sagte Lou zu Motte, als könne sie Gedanken lesen.

Rosa strahlte vor Freude. »Wir haben die Vorlage noch im Computer!«

Für den Moment war alles vergessen. Das leere Blatt. Mottes Mutter. Der Silberfreund.

Motte stand genau wie die anderen Popkörner vor der Pinnwand und las, was Rosa sich für ihr Starporträt ausgedacht hatte.

STAR PORTRÄT 2

Name: Murmann

Vorname: Rosa

Wohnort: Max-Brauer-Straße 154

Geburtstag: 6. März 2001 (Wie die anderen Popkörner!)

Sternzeichen: Fisch (Sometimes out of water)

Größe: 1,45 (Tendenz steigend)

Gewicht: Wer will das denn wissen?

Hobbys: Schlagzeug, Nähen, mein Pflegekater Mr Darcy.

Erster Kuss: Geplant für 2013.

Beziehungsstatus: Noch nicht entschieden.

Mein größtes Laster: Marshmallows und weiße Schokolade.

Beschreibe dich mit wenigen Worten: Wenn du denkst, du kennst mich, täuschst du dich gewaltig!

Wichtigster Moment im Leben: Der ist leider privat ☺.

Motte war zuerst durch. »Du weißt ja, ich fand die Idee mit den Steckbriefen eher unnötig, aber deiner ist wirklich klasse!«

»Finde ich auch«, sagte Lou. »Witzig, aber auch geheimnisvoll.«

»Oh, danke«, murmelte Rosa.

»Allerdings, sehr geheimnisvoll!« sagte Billie. »Verrat uns doch bitte, was du mit *Beziehungsstatus noch nicht entschieden* meinst? Haben wir da irgendetwas verpasst!?«

Rosa fummelte nervös an ihrem Haargummi. »Na ja«, setzte sie an. »Wir wollten doch *Starporträts* machen, die wirklich interessant sind. Und ich fand, dass *noch nicht entschieden* spannender klingt als *solo.«*

Billie schürzte die Lippen. »Schon, aber ich dachte nicht, dass hier jede erfindet, wozu sie gerade lustig ist.«

Motte sah sie von der Seite an. »Ach, dir passt doch nur nicht, dass Rosas Steckbrief cooler ist als deiner.«

Billie schnappte nach Luft. »Gequirlter Unsinn!«, fauchte sie Motte an. »Ich finde nur, dass wir uns ein wenig an die Fakten halten sollten.«

»Das sagt ja genau die Richtige«, erwiderte Motte.

25. Song

Grandmère sieht Gespenster

Auf dem Heimweg fuhren Lou und Motte noch beim Gemüsehändler vorbei. Draußen vor dem Geschäft standen zwei Pavillionzelte, unter denen das Obst und Gemüse aufgebaut war. Lou riss eine der rosabraunen Papiertüten ab. »So ein Pech! Ich war so sicher, dass wir bei Billies Vater proben dürfen.«

»Immerhin brauchen wir jetzt nicht im Gottesdienst aufzutreten«, sagte Motte und reichte Lou zwei Kohlrabi.

»Im Theater hätte ich es auch gut gefunden«, seufzte Lou.

Motte stopfte die Kohlrabiblätter in eine kleine Plastiktüte. »Ja, ich auch. Echt blöd, dass die dort gerade selber so viel zu tun haben.«

Lou nickte. »Bei Rosas Mutter wäre es bestimmt richtig schön geworden.« Sie suchte zwei Bund Petersilie aus. »Jetzt sind es nur noch zwei Wochen bis zu den Ferien und wir wissen immer noch nicht, wo die Popkörner sich treffen können.«

Die Sommerferien! Wenn Motte an die nächsten Wochen, Tage, ja nur an die nächsten Stunden dachte, fühlte sie sich wie eine Maus, vor deren Loch ein großer Schatten lauerte. Was immer sie tat, ob sie die Nummer, die in ihrer Hosentasche steckte, anrief oder verbrannte – es gab kein Zurück. Etwas war geschehen. Etwas, das ihre Mutter verändert hatte. Etwas, das spürte Motte, das ihr ganzes Leben verändern würde.

Als Lou aus dem Laden kam, wartete Motte schon bei den Rädern.

»Ich werde in jedem Fall mit Ma und Pa reden«, nahm Lou ihren Gesprächsfaden wieder auf. »Vielleicht haben sie eine Idee, wo wir proben können.«

In der Auffahrt der Jacobi-Villa stand ein blauer Lieferwagen, dessen Ladefläche bis auf den letzten Zentimeter vollgepackt war. Als die Mädchen ihre Räder daran vorbeischoben, erkannten sie, dass es die Sachen aus der Garage waren: zerdrückte Umzugskartons, Rollen alter Dachpappe, Steine, Eimer, verrostete Gartengeräte und der Sessel mit dem abgewetzten Stoff, der direkt vorne am Eingang gestanden hatte.

»Grandmère lässt die Garage räumen!«, rief Lou und fing an zu laufen.

Ihre Großmutter stand auf dem gepflasterten Platz vor dem Kutscherhaus, ihr dickes Haar hatte sie mit einem Tuch zurückgebunden und ihre Hände steckten in Arbeitshandschuhen. Sie nahm gerade einen Stapel Dachpfannen, die vor ihr auf dem Boden lagen, und brachte sie zum Lieferwagen.

»Lassen Sie mich das machen, Frau Jacobi«, sagte der

ältere Herr, der mit einer Sackkarre aus der Garage kam. Er hatte die Ärmel seines blauen Oberhemdes aufgekrempelt und ging mit festen Schritten über den Platz. »Dafür bin ich doch da.«

»Je sais, ich weiß«, seufzte Grandmère. »Aber ich kann hier unmöglich untätig rumstehen. Das halte ich nicht aus.«

Die Mädchen lehnten ihre Räder hinten gegen die Wand der Jacobi-Villa.

»Hallo, Grandmère!«, rief Lou. »Können wir auch helfen?«, fragte sie, ehe Motte sie aufhalten konnte.

Grandmère sah überrascht zu ihnen. »Hallo, ihr zwei, ist die Schule schon aus?«

»Sport ist ausgefallen«, nickte Motte.

Grandmère zog ihre Handschuhe aus, legte die rechte Hand an Mottes Wange und drehte ihr Gesicht zu ihr. »Du bist blass, Chérie. Wirst du krank?«

Motte fühlte, wie Grandméres Wärme in sie hineinströmte. Sie rang sich ein Lächeln ab. »Nein, Grandmère, mir geht's gut.«

Es war das Geheimnis, das Motte tonnenschwer auf der Seele lag, aber davon konnte sie Grandmère nichts sagen. Sie durfte es nicht!

»Frau Jacobi«, rief der Mann aus der Garage. »Könnten Sie sich das bitte einmal ansehen.«

Motte sah, wie Grandmère sich straffte und zur Garage ging.

Die Teekisten, die beim letzten Mal, als die Mädchen in der Garage gewesen waren, eine Mauer vor der Vespa gebildet hatten, waren inzwischen beiseitegeräumt und der Bezug war zur Hälfte zurückgeschlagen. Lou stand neben dem Mann und blickte Grandmère und Motte gespannt entgegen.

»Von einem Motorroller haben Sie mir am Telefon aber nichts gesagt«, sagte der Mann.

»Was für ein Motorroller?«, fragte Grandmère irritiert. Schwungvoll zog der Mann die zweite Hälfte des Bezugs weg, dass der Staub durch die Luft wirbelte.

Grandmère griff nach Mottes Hand. »Oh, mon dieu!«, stieß sie hervor und blieb stehen, als hätte sie ein Gespenst gesehen.

Der Mann kickte den Ständer der Vespa zurück. »Baujahr 1972, wenn mich nicht alles täuscht. Die Schöne schauen wir uns mal bei Licht an.«

Ohne dass sie ein Wort sagte, bewegten sich Grandmères Lippen. Ihr Blick war weit, weit nach innen gerichtet. Lou nahm die andere Hand ihrer Großmutter und sah zu Motte. »Grandmère! Was hast du?«

Doch sie antwortete nicht. Schweigend folgten sie dem Mann aus der Garage hinaus. Die Vespa stand vor dem Lieferwagen auf dem Hof. Der Lack, den Lou im Dunkel der Garage für grün gehalten hatte, glitzerte in den Sonnenstrahlen wie von Tau bedecktes Moos.

»Eine echte Dornröschenschönheit«, stellte der Mann anerkennend fest, als er über einen kleinen Riss im Sitz strich. »Ein paar Schrammen, aber nichts Ernstes.« Er blickte zu Grandmère. »Ich biete Ihnen 700 Euro.«

Bei diesen Worten schien Grandmère wieder zu sich

zu kommen. »C'est bien«, sagte sie leise zu den Mädchen und ließ ihre Hände los.

Vorsichtig strich auch sie über die lange Sitzbank und ging um die Vespa herum. Motte kam es vor, als entdeckte Grandmère jemanden wieder, den sie lange, lange verschollen geglaubt hatte.

»Vielleicht auch 800«, erhöhte der Mann.

»Nein, nein«, sagte Grandmère.

Der Mann kratzte sich am Kinn. »1000, aber das ist mein letztes Angebot!«

Gespannt beobachteten Lou und Motte, wie Grandmère auf dem Hof hin und her ging.

»Ich wollte doch bloß die Garage entrümpeln«, sie sah zu Lou. »Damit dein Vater endlich ein ordentliches Arbeitszimmer bekommt! Niemals habe ich daran gedacht, dass es sie noch gibt.«

Der Mann warf einen ungeduldigen Blick auf seine Armbanduhr. »Also, Frau Jacobi, wollen Sie die Vespa nun verkaufen oder nicht? Mein nächster Termin wartet bereits!«

Später, als Lou mit Motte darüber redete, wusste sie selbst nicht, wie sie auf die Idee gekommen war. »Ich musste sie einfach beschützen«, sagte Lou.

Als Grandmère sich wieder zu der Vespa umdrehte, saß Lou rittlings auf dem Sattel. »Verkauf sie nicht!«, bat sie. Motte stieg hinter ihr auf den Sitz und tat so, als hielte sie sich an Lou fest.

26. Song

Ein neuer Proberaum für die Popkörner

Lou merkte, wie Grandmère tief Luft holte. An der Ladefläche des Transporters ließ der Mann die Riegel einrasten. »Frau Jacobi?«

Grandmère faltete ihre Hände. »Je suis désolée. Sie ist unverkäuflich.«

Lou atmete auf.

»Wie Sie meinen.« Verstimmt ging der Mann zum Fahrerhäuschen. Bevor er einstieg, drehte er sich noch einmal um. »Falls Sie es sich anders überlegen, haben Sie ja meine Nummer.« Mit diesen Worten ließ er die Tür zufallen und fuhr die Auffahrt zur Straße hinunter. Lou und Motte kletterten von der Vespa. »Erzählst du uns, woher sie kommt?«, bestürmte Lou ihre Großmutter.

»Warum hast du sie in der Garage versteckt?«, fragte Motte.

»Versteckt?«, erwiderte Grandmère perplex. »Ich hatte keine Ahnung, dass es sie überhaupt noch gibt.«

Nun sah Lou erstaunt aus. »Ich dachte, du wusstest es. So wie du uns aus der Garage gescheucht hast.«

Grandmère musterte sie eindringlich. »Tiens, ihr wart also noch mal ohne mich in der Garage?«

Lou nickte verlegen. »Ja, wir dachten, du hast vielleicht etwas Wertvolles übersehen, was nicht einfach vom Entrümpler abgeholt werden darf.«

»Nun, ihr scheint in der Tat etwas gefunden zu haben«, sagte Grandmère.

Von hinten klickerten Damenschuhe heran. »Karlotta!«

Motte, Lou und Grandmère drehten sich um. Oben auf der Terrasse winkte Tante Vanessa Motte heran. »Karlotta, kommst du mal rein. Deine Lehrerin hat eben angerufen.«

»Frau Korte?«, entfuhr es Lou.

Grandmère legte ihre Hand auf Mottes Schulter. »Soll ich mitkommen, Chérie?«

»Brauchst du nicht«, sagte Motte und blinzelte Lou zu. »Bis nachher!«

Während Motte mit ihrer Mutter in der Villa verschwand, schoben Lou und Grandmère die Vespa zurück in die Garage. Grandmère stellte sie auf den Ständer. »Du willst mir nicht sagen, was los ist, n'est-ce-pas?«

»Ich würde so gerne«, sagte Lou. »Aber das ist Mottes Sache.« Lou war klar, sobald sie Grandmère von der Mathearbeit erzählte, würde diese wissen wollen, weshalb Motte leere Blätter abgab, und Lou hatte Motte beim Leben ihrer Familie geschworen, niemandem von dem Silbermann zu erzählen. Außerdem hoffte Lou noch immer, dass sich alles als großes Missverständnis herausstellen würde.

Grandmère ging zu den Fenstern hinüber und öffnete die zwei schmiedeeiserenen Flügel. »In der Villa herrscht zurzeit eine sehr seltsame Stimmung.«

Lou nickte. Sie fragte sich, welche Stimmung wohl gerade in diesem Moment in der Jacobi-Villa herrschte, wenn Tante Vanessa Motte wegen der Sechs zur Rede stellte.

Irgendwo draußen in den Rhododendronbüschen sang die Amsel.

Als Lou weiter schwieg, blickte Grandmère sich zweifelnd in der Garage um: Sie sah von den vertrockneten Blättern, die den gemauerten Boden bedeckten, zu den Spinnenweben in den Ecken, von den morschen Regalen zu der grünen Vespa. Dann seufzte sie. »Chérie, ich weiß nicht, wie ich auf die Schnapsidee gekommen bin, dass dein Vater hier unten arbeiten könnte. Es ist viel zu dunkel!«

»Aber wir können es hell machen!«, widersprach Lou. Sie schob die alte Stalltür weit auf. Ein paar vereinzelte Sonnenstrahlen fanden ihren Weg durch das grüne Dach der Kastanie bis in die Garage.

»Non, non. Es hat keinen Sinn.« Grandmère schüttelte entschieden den Kopf und trat ins Freie.

Lou stand noch immer in der weit geöffneten Tür. Sie hatte plötzlich eine wunderbare Idee: »Wenn wir alles fegen, frisch streichen und die Glühbirne auswechseln …« Sie warf Grandmère einen Blick zu. »Könnten wir die Vespa nicht nebenan zu den Rädern in die andere Garage stellen?«

»Warum das?«, fragte Grandmère überrascht. »Du sagtest doch selbst, dass dein Vater lieber oben im Kutscherhaus arbeitet.«

Lou strahlte sie an. »Ja, aber es wäre der perfekte Probenraum für die Popkörner!«

27. Song

Zeit der Entscheidung

Motte und Lou standen am offenen Meerschweinchenstall. Motte nahm Maja auf den Arm und presste ihr Gesicht in das Fell. Lou strich Blueberry über den Rücken, so wie sie es besonders gern hatte. Die kleine Meerschweinchendame machte sich lang und länger, bis sie gähnte wie ein Löwe. Dann nahm Lou ihr Meerschweinchen hoch.

»Hat sie geschimpft?«

Mottes Augen waren dunkel. »Kein bisschen.« Sie zupfte Maja einen Strohhalm aus dem Fell und holte tief Luft. »Sie hat gesagt, dass ich Papa nichts von der Mathearbeit erzählen soll, um ihn nicht zu beunruhigen.«

»Willst du nicht trotzdem noch einmal mit ihr reden – du weißt schon, wegen dieser einen Sache? Sie ist doch deine Mutter!?«

Über ihnen flog eine Amsel durch den Abendhimmel zum Kutscherhaus und setzte sich auf die Regenrinne.

»Oder sprich mit deinem Vater!«

»Ich kann doch nicht ihr Geheimnis verraten!«, stieß Motte hervor.

»Es ist bestimmt nur ein Riesenmissverständnis!«, widersprach Lou. »Wenn ihr darüber sprecht, löst sich vielleicht alles auf. Vielleicht gibt es eine Erklärung, weshalb sie erst am Freitag nach Venedig gefahren ist. Oder es stellt sich heraus, dass sie das vor dem Hotel überhaupt nicht war.«

Die Meerschweinchen begannen zu fiepen. Motte setzte Maja zurück in den Stall und zog ein Stück Papier aus der Hosentasche. Es war der Zettel, auf den sie die Telefonnummer der *Amicis Argentum* notiert hatte. Nun stand darunter auch eine Adresse.

Lou starrte auf das Papier. »Ist das *seine* Adresse?«

Motte nickte und steckte sie wieder ein. »Ich fahre heute Nacht hin.«

Lou ließ Blueberry von ihrem Arm in den Stall klettern. »Aber nicht allein!«

»Wenn es ganz dunkel ist, fahren wir los«, sagte Motte.

»Gut!«

Über ihnen im ersten Stock des Kutscherhauses wurde das Küchenlicht eingeschaltet, Herr Blum saß am Küchentisch und schrieb auf dem Computer. Sie konnten das Klackern der Tastatur bis in den Garten hören.

»Ich habe Anton versprochen, eine Runde Maumau mit ihm zu spielen.«

»Ich sehe dich am Gartentor.«

»Sobald es Nacht ist.«

Lou lief die Treppe am Kutscherhaus hoch. Oben auf dem Dach begann die Amsel mit ihrem Abendlied.

Motte ging langsam zur Villa zurück. Ihre Hände zitterten. Sie riss ein Streichholz an, wartete einen kurzen Moment und schnippte es dann weg. Es flog durch die Luft wie eine kleine Rakete.

»Sie war es bestimmt«, murmelte sie. »Sie war es.«

Später am Abend traf sie Grandmère in der Küche. Wieder hatte Motte das Gefühl, dass ihre Großmutter in die tiefsten Winkel ihrer Gedanken hineinsehen konnte. Sie schenkte Motte ein Glas Milch ein, rührte Kakao dazu und setzte sich mit an den Tisch.

»Wie findest du Lous Idee?«, erkundigte sie sich.

Motte piekste mit ihrem Löffel in eine der Kakaoblasen. »Welche Idee?«

»Die Idee, dass die Popkörner in der alten Garage proben!«, erwiderte Grandmère erstaunt. »Habt ihr nicht darüber gesprochen?«

Motte nickte schnell. »Ja, klar! Der Probenraum.« Lou hatte ihr zwar noch kein Wort davon erzählt, aber es war in jedem Fall besser, wenn Grandmère es glaubte.

28. Song

Wenn man die Wahrheit sieht, ist es zu spät, die Augen zu schließen

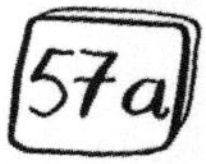

Es war immer noch nicht dunkel! Motte hockte in ihrem Versteck auf der Fensterbank und starrte ungeduldig in die Abenddämmerung hinaus. Der Himmel glühte in dunklem Orange und aus dem Bad nebenan konnte sie hören, wie ihre Brüder mit der Zahnpaste rumblödelten. Warum lagen die noch nicht längst im Bett? Solange sie noch durch den ersten Stock geisterten, konnte Motte nicht aufbrechen.

Vor ihr auf einem Teller qualmten die verkohlten Überreste des Briefes, den sie dem Silbermann geschrieben hatte. »Sehr geehrter Herr Kusser«, hatte der Brief begonnen, denn so begannen Erwachsenenbriefe. »Ich bin die Tochter von Frau Jacobi und muss Sie dringend sprechen.« Das Wort Tochter hatte sie unterstrichen, damit er es nicht überlesen konnte. Motte tippte mit ihrem Finger in die braunen Reste des Papiers. Sie fühlten sich noch warm an. Eigentlich wollte sie nur zum Silbermann fahren, um ihm den Brief zu bringen. Aber als sie den Umschlag zugeklebt und die Adresse vorne drauf-

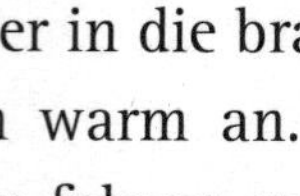

geschrieben hatte, war sie plötzlich nicht mehr sicher gewesen, was sie geschrieben hatte. Der Brief knisterte seltsam in ihren Händen und Motte hatte wieder das Gefühl, dass die zwei A's sie aus der Ecke in ihrem Zimmer beobachteten. Da hatte sie sich den alten Zinnteller geholt und den Brief auf ihrer Fensterbank verbrannt.

Wenn sie erst einmal vor dem Haus stand, in dem der Silbermann wohnte, würde sie schon wissen, was als Nächstes zu tun war.

Draußen flog eine Fledermaus vorbei. Ein nächtlicher Jäger, der blind – nur seinen gespitzten Ohren folgend – seine Beute jagte.

Dann sah Motte den Lichtstrahl, der von Lous Fenster aus auf sie gerichtet war. Das Licht blitzte auf und erlosch. Blitzte auf und erlosch. Da merkte Motte erst, dass die Dunkelheit hereingebrochen war. Wieder leuchtete der Lichtstrahl auf. Motte nahm ihre Taschenlampe und leuchtete zurück. Jetzt wusste Lou, dass sie sie gesehen hatte.

»Es ist nicht weit von hier«, flüsterte Motte Lou zu, als sie ihre Fahrräder leise aus dem Garten schoben. »Nur ein paar Straßen.«

»Ich muss zurück sein, bevor Ma vom Spätdienst kommt«, sagte Lou. »Sie schaut immer noch einmal durch die Klappe in mein Zimmer, ob ich schlafe.«

Schweigend fuhren sie nebeneinander durch leere Straßen, bis Motte vor einem modernen vierstöckigen Neubau hielt. Mit weichen Knien stieg sie ab.

»57a ist hinten im Hof.« Motte zeigte auf das Schild

neben dem Durchgang. Auf allen drei Etagen waren die Häuser durch gläserne Gänge miteinander verbunden.

Sie stellten ihre Räder vor dem Haus ab, bevor sie leise in den Hinterhof schlichen. Der Weg vor ihnen war von einer Reihe niedriger Leuchten gesäumt. Motte lief vorweg. Ihr Mund war trocken. Im Hinterhof gab es nur einen einzigen Eingang. Motte fragte sich, ob ihre Mutter diesen Weg auch schon einmal gegangen war. Lautlos bewegten sie sich in Richtung Haustür, neben der die Klingelschilder angebracht waren. Mit angehaltenem Atem suchte Motto nach dem Namen des Silberfreundes. Und da, neben der dritten Klingel von unten stand: Prof. Dr. *Kusser.*

Motte blickte nach oben. »Er wohnt im dritten Stock.«

Lou drängte sich dicht neben sie. »Und was willst du jetzt machen?«, flüsterte sie.

»Keine Ahnung, vielleicht …«, Motte hob zögerlich die Hand zur Klingel, als plötzlich im Treppenhaus das Licht anging.

»Da kommt jemand!«, wisperte sie.

Sie packte Lou am Arm und zog sie hinter eine der eckig geschnittenen Eibenhecken.

Am Haus 57a ging die Tür auf. Die Mädchen spähten hinter der Hecke hervor. Aus dem Eingang kamen ein Mann und eine Frau. Motte wurde schwindlig: Es waren der Silbermann und ihre Mutter.

»Ich werde Frau Distelmeyer gleich morgen bitten, dass sie für dich einen zweiten Flug nach London buchen soll.«

»London? Meinst du wirklich?«, rief Frau Jacobi entzückt.

»Du solltest das viktorianische Sterling selbst prüfen.« Der Silbermann legte den Arm um Mottes Mutter.

Motte hielt es keinen Moment länger in ihrem Versteck aus. Ohne zu überlegen, sprang sie auf den Gehweg. »Lassen Sie sie sofort los!«

Neben ihr tauchte Lou auf.

»Huuh!« Der Silbermann und Frau Jacobi fuhren erschrocken zurück.

»Vanessa, kennst du diese Mädchen?«

Unverwandt starrte Motte ihre Mutter an.

»Karlotta, was … was tust du denn hier?«, brachte Frau Jacobi stockend heraus und schob den Arm des Silbermannes unauffällig von ihrer Schulter.

»Die Frage ist, was tust *du* hier, Mama?«

Frau Jacobi machte einen Schritt auf sie zu. »Albert, ich meine Herr Kusser und ich hatten einen Termin.«

Motte durchbohrte ihre Mutter mit ihrem Blick. »Mitten in der Nacht?«

»Genau«, mischte sich in diesem Augenblick der Silbermann ein. »Solltet ihr um diese Zeit nicht längst im Bett liegen?«

»Das geht Sie überhaupt nichts an«, fauchte Motte ihn an.

»Schon gut«, Frau Jacobi hob beruhigend die Hände. »Karlotta, das hier ist nicht der richtige Ort, um darüber zu sprechen. Aber es ist nicht …«

»… das, wonach es aussieht?«, beendete Motte den

Satz. »Wer ist hier die Märchenerzählerin?«, fragte sie mit funkelnden Augen, machte auf dem Absatz kehrt und stolperte den Weg zu ihrem Rad zurück.

»Karlotta, bleib hier!«

Doch Motte reagierte nicht auf die Rufe hinter sich. Ohne sich noch einmal umzudrehen, flüchtete sie in die Dunkelheit.

29. Song

Die Karten liegen auf dem Tisch

Als Motte den Schlüssel in das Schloss der Villa steckte, wurde die Tür von innen geöffnet. »Motte?« Ihr Vater sah sie fragend an. »Wo kommst du denn her? Ich dachte, du schläfst längst! Es ist mitten in der Nacht!« Er machte seiner Tochter Platz, damit sie hereinkommen konnte.

Motte blickte ihn mit weit aufgerissenen Augen an. Ihr Atem ging schnell. Sie war mit dem Rad nach Hause geflogen. Ihr war übel und in ihrem Kopf drehte sich alles.

Herr Jacobi legte den Arm um ihre Schulter. »Wo warst du?«, fragte er noch einmal.

Motte schloss die Augen und lehnte sich gegen ihn. »Ach, Papa«, flüsterte sie. *Ich kann es ihm nicht sagen,* dachte sie. Der Gedanke an ihre Mutter und den Silbermann schnürte ihr die Kehle zu. Motte schlang die Arme um ihren Vater und hielt ihn fest.

»Mein Gott, ist dir etwas passiert?«, fragte Herr Jacobi.

Motte schüttelte stumm den Kopf. *Ich muss ihn warnen,* schoss es ihr durch den Kopf.

»Motte, rede mit mir!«

In diesem Moment hielt draußen auf der Straße ein Taxi. Motte machte sich von ihrem Vater los. »Frag Mama!«, rief sie ihm zu, während sie die Treppe hoch in den ersten Stock flüchtete. Sie hatte die Tür zu ihrem Zimmer noch nicht geschlossen, als sie von unten die Stimmen ihrer Eltern hörte.

»Vanessa, was ist hier los? Motte kam gerade nach Hause. Sie wirkt vollkommen verstört!«

Die Absätze ihrer Mutter klackerten auf den Dielen. »Hat sie dir nichts erzählt?«

»Was um Himmels willen sollte sie mir denn erzählen?«, schrie Herr Jacobi, der die Anspannung nicht länger auszuhalten schien.

Motte zog sich in ihr Zimmer zurück. Ganz automatisch ging sie zum Fenster und sah zum Kutscherhaus hinüber. In Lous Zimmer brannte Licht. Zum Glück! Lou war also auch wieder sicher zu Hause angekommen. Draußen war inzwischen Wind aufgekommen. Motte beobachtete, wie die Zweige der Kastanie von den Böen erfasst und durchgeschüttelt wurden. Aus dem Erdgeschoss klangen die Stimmen ihrer Eltern. Motte konnte kein einziges Wort verstehen, aber sie hörte die helle wütende Stimme ihrer Mutter, die ihren Vater übertönte.

Motte ließ sich auf ihr Bett fallen und rollte sich zusammen. Alles fühlte sich taub und leer an. Ihr Verdacht hatte sich bestätigt – ihre Mutter hatte einen Freund. Würden sich ihre Eltern jetzt trennen? Lag es an ihr? War sie zu anstrengend gewesen? Eine Welle von Angst überrollte sie. Hätte sie etwas ändern können? Sie presste das Gesicht in ihr Kissen.

Zunächst hörte Motte das Klopfen nicht. Es war sehr leise. Hoffentlich waren nicht Till und Ole von dem Streit aufgewacht und wollten zu ihr. Aber Motte wusste, dass ihre Brüder nicht klopften. In der Tür stand Grandmère. »Chérie«, sagte sie leise. »Möchtest du mit hochkommen?«

Grandmère, liebste Grandmère, dachte Motte, während sie an der Hand ihrer Großmutter die Treppe zur Dachgeschosswohnung hochlief. Sie wollte ihr so gerne alles erzählen. Doch als Grandmère sie oben fest in die Arme nahm, waren es keine Worte, die aus Motte hervorbrachen, sondern Tränen, verzweifelte, wütende Tränen, die sich in den vergangenen Wochen aufgestaut hatten und Motte nun überwältigten.

Grandmère hielt sie fest, streichelte ihren Rücken, und erst als die Schluchzer langsam versiegten, führte sie Motte zu ihrem Sofa und hüllte sie in die weiche Decke mit den Füchsen ein.

»Chérie, wie konntest du mitten in der Nacht draußen herumfahren?«, fragte sie ihre Enkelin mit bedrückter Stimme. »Wenn deine Mutter dich nicht zufällig gefunden hätte.«

»Es war aber kein Zufall!« Mottes Stimme schwankte.

Grandmère wischte ihr die Tränen von den Wangen. »Comment? Wie meinst du das? Dein Vater hat mir doch gerade erzählt, dass deine Mutter von einem Termin nach Hause fahren wollte und dich und Lou getroffen hat!«

Motte vergrub sich noch tiefer in Grandmères Arme.

»Ich bin extra hingefahren, weil ich den Silbermann sehen wollte.«

»Den Silbermann?«

Motte zögerte kurz. »Mamas Freund.«

»Motte!? Was erzählst du denn da? Du weißt, dass man über so etwas keine Scherze macht!«

»Das ist kein Scherz!«, schnaufte Motte. »Als Mama nach Venedig gefahren ist, habe ich sie zufällig gesehen ... mit ihm ... und jetzt schon wieder.«

Grandmère hielt sie fest in den Armen und da erzählte Motte ihr einfach alles: Von der Begegnung vor dem Hotel, wie sich ihre Mutter in letzter Zeit verändert hatte. Und wie sie an diesem Abend bei Anbruch der Dunkelheit mit Lou zur Wohnung des Silbermanns gefahren waren und dort ihre Mutter getroffen hatten.

»Deswegen warst du in letzter Zeit so angespannt. Warum hast du nicht schon früher mit mir darüber geredet?«

»Das, das konnte ich nicht. Ich war mir doch gar nicht sicher. Und als ich gemerkt habe, dass sie ein Geheimnis hat, konnte ich sie doch nicht verraten.«

Grandmère seufzte tief. »Und das hast du die ganze Zeit mit dir rumgeschleppt?« Sie zog Motte noch fester an sich.

»Glaubst du, sie trennen sich?«, fragte Motte kaum hörbar.

»Ich weiß es nicht, Chérie. Vielleicht liegen die Dinge ganz anders, als du befürchtest. Vielleicht gibt es ja doch noch eine Erklärung.«

Aber Motte hörte ihr gar nicht richtig zu. »Ist es meine Schuld?«, fragte sie leise. »Wäre Mama glücklicher gewesen, wenn ich mehr Klavier geübt hätte? Wenn ich eine bessere Schülerin gewesen wäre?«

Grandmère fasste Motte mit beiden Händen an den Schultern und blickte ihr fest in die Augen. »Deine Schuld?« Sie schnaubte empört. »Es ist niemals die Schuld der Kinder, wenn Eltern sich trennen! Niemals, Motte!«

Später, als Grandmère Motte in ihr Bett gebracht und die bauschige Decke fest um sie herumgestopft hatte, setzte sie sich zu ihr und sang so lange, bis Motte eingeschlafen war: »Sous le ciel de Paris s'envole une chanson. Hm, hm. Elle est née d'aujourd'hui. Dans le coeur d'un garçon …«

30. Song

Was bleibt

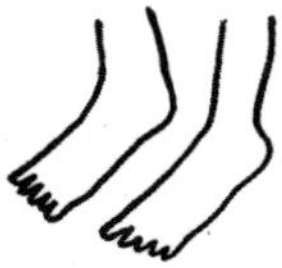

Am nächsten Morgen erwachte Motte früh. Neben ihr atmete Grandmère in tiefen, ruhigen Zügen. Motte streichelte leicht ihre Hand, die auf der meergrünen Bettdecke lag. »Danke!«, flüsterte sie und stieg aus dem Bett. Wie viel leichter sie sich fühlte! Nach dieser Nacht gab es für Motte keine Zweifel und keine Geheimnisse mehr.

Leise machte sie die Tür von Grandmères Wohnung hinter sich zu und lief ins Erdgeschoss der Villa hinunter. Sie fühlte, wie mit jedem Schritt eine neue Unruhe in ihr wuchs, und fragte sich, was dieser neue Morgen für ihre Familie bringen würde. In der Küche angekommen, nahm sich Motte den Orangensaft aus dem Kühlschrank und schenkte sich ein Glas ein. Wie es jetzt mit Papa und Mama weiterging? Aus dem Wohnzimmer war ein Geräusch zu hören. Dort lag ihr Vater auf dem Sofa. Er trug noch immer das Hemd und die Anzughose vom Vorabend. Obwohl Motte barfuß war, schien er sie gehört zu haben. Als sie sich auf den Teppich vor das Sofa hockte, rieb er sich die Augen.

»Motte?« Herr Jacobi kam hoch.

Unter seinen Augen waren dunkle Schatten und auf seinem zerknitterten Hemd bemerkte Motte einen Rotweinfleck. Als er sich Mottes Blick bewusst wurde, verzog er seinen Mund zu einem Grinsen. »Sieh mich nicht an, als wäre ich ein toter Käfer.« Er klopfte auf den freien Platz neben sich. »Wie geht es dir?«

Motte dachte einen Moment nach. »Na ja, ich weiß nicht. Ich hab bei Grandmère übernachtet.«

Herr Jacobi schloss die Augen. »Das ist gut.«

Motte wartete darauf, dass ihr Vater beginnen würde, ihr vom gestrigen Abend zu erzählen, davon, was er mit ihrer Mutter besprochen hatte. Aber er schwieg.

»Habt ihr … du und Mama euch unterhalten?«

Motte starrte wieder auf den Fleck. Sie konnte ihrem Vater nicht in die Augen sehen.

Herr Jacobi lachte leise auf. Es war ein bitteres Lachen. »Ja, ich bin *informiert.«*

Er verbarg das Gesicht in beiden Händen und rieb über den dunklen Haarkranz, der seinen Kopf umgab. »Deine Mutter hat jemanden kennengelernt.«

»Ich weiß«, flüsterte Motte.

»Sie scheinen sich schon eine ganze Weile … besser zu kennen«, redete ihr Vater weiter. »Aber ich habe nichts bemerkt. Gar nichts!« Er versuchte ein schiefes Lächeln, das ihm misslang. »Ich war wohl zu selten da.«

Und ich habe dich nicht gewarnt, fügte Motte in Gedanken still hinzu. »Und jetzt …?«, fragte sie ängstlich. »Trennt ihr euch?«

Ihr Vater griff nach ihrer Hand und drückte sie. »Ich

weiß nicht, was jetzt passiert, Motte. Deine Mutter und ich werden alles noch einmal in Ruhe besprechen.«

»Oh, Papa, es tut mir so leid.« Motte holte tief Luft. »Ich muss dir was sagen, ich wusste schon seit …«, begann sie, als vier Füße die Treppe runtergepoltert kamen.

»Gib mir mein Sammelbild wieder!«, rief Till.

»Kedhira gehört mir!«, motzte Ole zurück.

Herr Jacobi stand auf. »Sag deinen Brüdern bitte nichts davon. Deine Mutter und ich werden es ihnen später sagen, wenn …«

In diesem Augenblick tobten die Zwillinge ins Wohnzimmer. »Papa, Papa, Ole hat mir mein Bild geklaut!«

»Stimmt überhaupt nicht!«

Motte sah, wie ihr Vater sich mit dem Handrücken über die Augen wischte. Mit einem Mal begriff sie, dass er an diesem Morgen nicht in der Lage war, sich um die Zwillinge zu kümmern. Sie musste sich jetzt zusammenreißen und so tun, als wäre alles in Ordnung – ihr Vater hatte schließlich erst gestern Nacht von der Sache mit ihrer Mutter erfahren. Ehe Ole begriff, wie ihm geschah, hatte ihm Motte das Bildchen schon aus der Hand gezupft. »Das klären wir in der Küche«, sagte sie. Till und Ole rannten hinter ihr her.

»Das ist mein Bild!«

»Nein, Ole lügt!«

Motte legte das Bild oben auf die Dunstabzugshaube, wo ihre Brüder nicht rankamen. »Wir machen jetzt Frühstück«, bestimmte sie. »Und wenn ihr euch bis zum Frühstück nicht geeinigt habe, wessen Kedhira es ist«, sie ließ das Feuerzeug aufblitzen, das neben dem Herd lag, »... wird er flambiert.«

»NEIN!«, schrien die Zwilling wie aus einem Munde.

»Dann werdet euch einig«, mahnte Motte ihre Brüder und holte das Brot aus dem Schrank.

Eine halbe Stunde später stand Lou vor der Tür, um Motte zur Schule abzuholen. In ihren Augen standen tausend Fragen.

»Später«, nickte Motte mit einem Blick zu den Zwillingen.

Lou stutzte, fragte aber nicht weiter nach. So schoben Motte und Lou ihre Räder still aus dem Garten, bis die Zwillinge außer Hörweite waren. Kaum waren sie ein paar Meter gefahren, als es aus Lou hervorbrach: »Ich habe es Ma und Pa erzählt!«

Motte machte einen unkontrollierten Schlenker mit dem Rad und fuhr Lou fast in die Seite. »Was hast du?«

»Sie waren noch wach, als ich kam«, sagte Lou. »Sie wollten wissen, wo ich gewesen bin.«

Motte schluckte. Sie hatte kaum daran gedacht, wie es Lou in der vergangenen Nacht ergangen war, nachdem sie sich einfach aus dem Staub gemacht hatte.

»Ich konnte doch nichts erfinden«, verteidigte Lou sich.

»Nein, natürlich nicht. Mach dir keinen Kopf«, sagte Motte. »Meine Mutter hat endlich mit meinem Vater gesprochen.« Mottes Stimme war müde. »Ich hatte mit allem recht! ... Leider.«

»Und jetzt?«

»Papa meint zwar, dass sie noch mal *in Ruhe* miteinander reden wollen. Aber ich glaub nicht, dass das was bringt!«

»Oh, Motte«, sagte Lou mitfühlend. »Das tut mir leid.«

Sie fuhren ein Stück schweigend nebeneinanderher.

»Wie groß, glaubst du, ist die Chance, dass sie sich wieder versöhnen?«, fragte Lou nach einer Weile.

Vor ihnen tauchte das Gebäude der Lessing-Schule auf. »Klein, verdammt klein«, flüsterte Motte. »Ich glaube, meine Mutter zieht das durch.« Sie blickte zu Lou. »Du hast sie ja gestern Nacht selbst gesehen.«

»Ja, das war ziemlich gruselig«, nickte Lou mitfühlend.

Als die beiden die Schule erreichen, trafen sie David vor dem Eingang. Er schien auf jemanden zu warten.

»Schon wieder der nasse Pudel«, murmelte Motte Lou zu. Eigentlich mochte sie David, aber seine Versuche, sich über Rosa an Billie ranzumachen, fand sie bescheuert.

»Hey David!«, begrüßte Lou ihn. »Kommst du mit rein?«

»Das muss doch nicht sein!«, raunte Motte ihr zu.

Vom Schultor kamen Billie und Rosa.

»Buenas dias!«, rief Billie.

»Hola chicas!« David blinzelte zu Rosa.

Rosa versuchte, ihre glühenden Wangen hinter den Haaren zu verbergen. »Hi.«

Aber Motte merkte es trotzdem. In einem plötzlichen Geistesblitz begriff sie, dass David überhaupt nichts von Billie wollte, sondern von Rosa! An Lous Lächeln sah sie, dass ihre Cousine ähnlich dachte.

Nur Billie war mal wieder so mit sich selbst beschäftigt, dass sie nichts mitbekam. »Hat jemand von euch Deutsch? Das muss ich unbedingt noch abschreiben.« Sie lächelte David an. »Du vielleicht?«

»Du kannst bei mir abschreiben«, bot Motte an.

Billie musterte sie überrascht. »DU lässt mich abschreiben?«

Motte hob die Augenbrauen. »Willst du jetzt oder nicht?«

Sie zog Billie vom Eingang fort. »Am besten, du beeilst dich. Ist 'ne ganze Menge.«

Während Lou und Motte Billie in ihre Mitte nahmen, kamen Rosa und David langsam hinter ihnen her.

Oben im Klassenzimmer fiel Billie auf, dass sie ihr Deutscharbeitsheft zu Hause vergessen hatte. »Oh verdammt!«, sie pfefferte ihre Tasche auf den Boden. »Ich hab mein verdammtes Heft vergessen!«

»Kann doch jeder mal passieren«, sagte Motte freundlich und nahm ihr Arbeitsheft wieder zurück.

Billie blickte zu Lou. »Will Motte irgendwas von mir? Oder was ist los?«

Motte holte ihre Federtasche raus. »Was soll das denn heißen, Billie?«

Lou, die gerade ihre Aufgaben mit Mottes verglich, legte den Radiergummi zur Seite. »Ich glaube, Billie will sagen, dass sie die Feuerpause sehr genießt.«

»Genau«, sagte Billie. »Sonst springst du mir doch ständig an die Kehle.«

Motte wandte sich ab. »Wenn du meinst.« Ihr war an diesem Morgen wirklich nicht danach, sich mit Billie rumzustreiten.

Doch Billie ließ nicht locker. »Also, was ist los? Bist du nicht in Form? Ist dein Meerschweinchen gestorben? Hast du Stress zu Hause?«

Lou merkte, wie Motte sich neben ihr versteifte. Sie überlegte noch, wie sie das Thema wechseln konnte, da kam Motte ihr zuvor. »Ja, ich hab Stress zu Hause. Meine Eltern trennen sich.«

Für einen Moment herrschte völlige Funkstille. Dann machte Billie ein bestürztes Gesicht. »Ach du Scheiße! Das, das tut mir leid.«

»Erzähl's bitte nicht rum. Muss ja nicht jeder wissen.«

»Nein, geht klar. Wenn ich dir irgendwie helfen kann …«

»Ich glaub nicht«, schüttelte Motte den Kopf.

Lou legte ihr tröstend den Arm um die Schulter. »Aber du bist nicht allein.«

Motte nickte Lou niedergeschlagen zu. Noch einen Satz und sie würde anfangen zu heulen!

Billie drehte eine ihrer Locken auf. »Ich weiß, es ist nur so eine Idee. Du kannst gerne Nein sagen. Aber Hanni trifft sich heute Nachmittag mit ihrer Clique unten am Elbstrand. Ich geh natürlich auch mit und abends machen wir ein Feuer. Vielleicht wollt ihr auch kommen?«

Motte kniff die Augen zusammen und schluckte. Sie würde nicht heulen! »Hm, vielleicht.«

»Wir überlegen es uns«, lächelte Lou Billie an. »Danke!«

31. Song

Am Lagerfeuer

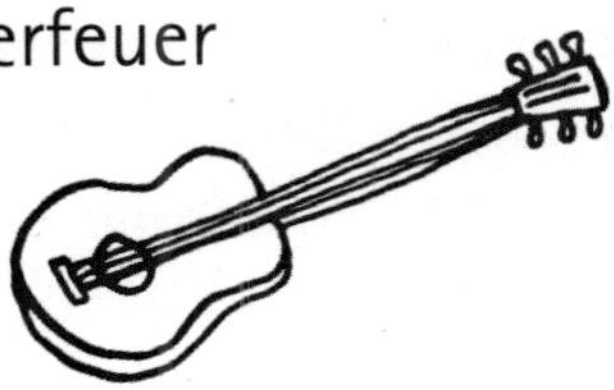

Motte kauerte auf der Treppe vor der Haustür der Villa und wartete. Vor fünf Minuten hatte sie im Kutscherhaus angerufen und Lou gebeten, sie abzuholen. Motte beobachtete die Amsel, die über den Vorgartenrasen hüpfte, hier und da einen kleinen Zweig aufpickte. Offenbar baute sie immer noch an ihrem Nest. Mottes Nest brach gerade auseinander.

Das *Gespräch* mit ihren Eltern war der reinste Albtraum gewesen. Denn eines stand fest: Ihre Mutter wollte sich tatsächlich von ihrem Vater trennen. Dabei wiederholte sie gebetsmühlenartig, dass Herr Jacobi und sie Motte und ihre Brüder weiterhin lieb hatten und dass sich im Grunde kaum etwas ändern würde. Die *Veränderung,* so nannte Frau Jacobi die Trennung, brächte sogar viele Vorteile mit sich. Welche das sein sollten, konnte sie leider nicht sagen. Und obwohl ihre Mutter nicht aufhörte zu lächeln, hörte Motte das Zittern in ihrer Stimme. Als sie erzählte, dass sie beim Silbermann einziehen wollte, hatten die Zwillinge verstört zwischen ihrer Mutter und ihrem Vater hin und her geblickt. Die Frage, zu wem sie

gehen sollten, stand ihnen in Großbuchstaben auf die Stirn geschrieben. Doch dieser Punkt schien auf der Tagesordnung ihrer Mutter keinen Platz zu haben. Genauso wenig wie Motte selbst. Und ihr Vater hatte nur wie betäubt dagesessen und aus dem Fenster gestarrt. Motte schwirrte der Kopf. Ohne jede Vorwarnung war ein gewaltiger Meteorit in ihr Leben eingeschlagen und nun stoben die Trümmer in alle Richtungen. Sie wusste nicht mehr, wo oben und unten war, fühlte sich durch die Luft katapultiert. Was sollte sie tun, wenn ihre Mutter sie fragte, ob sie zu ihr und dem Silbermann ziehen wollte? Allein bei dem Gedanken daran fühlte Motte Übelkeit in sich aufsteigen.

Es war ein Glück, dass genau in diesem Moment Lou um die Ecke der Villa gelaufen kam und sie sich auf den Weg zum Elbstrand machten.

»Hey, tut mir leid. Es hat ein bisschen länger gedauert.«

Motte stand auf und warf einen verwunderten Blick auf Lous Gitarre. »Du hast ja deine Gitarre mit.«

»Hm, ich dachte, wir proben vielleicht ein bisschen am Strand.« »Mal sehen.«

Sie überquerten die Straße.

»Nach der Schule habe ich an unserem Song weitergemacht. Als du ...« Lou unterbrach sich. »Als du in der Villa warst.«

Motte kickte einen Stein weg, der auf dem Gehsteig lag. »Hab gar nicht mitbekommen, dass du schon wieder an einem neuen Lied schreibst.«

»Ich habe auch nur den Anfang. Aber wenn du mir

hilfst und die anderen, ist der Song bestimmt schnell fertig.«

»Ich weiß nicht, ob ich das im Moment kann«, erwiderte Motte düster. »Worum geht es denn?«

Sie bogen links in den Weg ein, der zur Elbe führte.

Lous Augen strahlten. »Der Song handelt von meiner besten Freundin.«

Es war kurz nach halb sieben, als Motte und Lou die letzten Stufen zum Strand hinunterliefen, froh, dass sie der Jacobi-Villa mit all ihren Gespenstern für eine Zeit entfliehen konnten. Am Strand hatten sich bereits einige Grüppchen zusammengefunden, um den lauen Abend am Fluss zu genießen.

»Da drüben sind sie.« Lou zeigte auf eine Gruppe von Mädchen, die um ein kleines Feuer saßen. Rosa und Billie winkten ihnen zu.

Kurz bevor sie die anderen erreichten, fasste Motte nach Lous Arm und hielt sie fest.

»Was ist?«, fragte Lou. »Willst du lieber umkehren?«

Motte blickte zu dem Wasserstandsanzeiger in der Mitte des Flusses. Darauf ließen sich zwei Kormorane mit ausgebreiteten Flügeln ihre Federn trocknen.

»Lass uns einfach nur hier sein!«, bat Motte. »Als sei gar nichts geschehen.«

Lou drückte Mottes Hand. »Versprochen.«

Motte schlüpfte erleichtert aus ihren Turnschuhen. »Dann wollen wir uns jetzt mal um unseren neuen Song kümmern!«

Motte fühlte sich immer noch ein wenig wackelig, als sie sich zu den anderen ans Feuer setzte. »Hey Johanna«, begrüßte sie Billies ältere Schwester, die mit ihren zwei Freundinnen auf dem Handy spielte.

Rosa hielt ihr einen Stock hin. »Wir rösten Marshmallows. Willst du auch?«

»Gern«, sagte Motte.

Billie gab Motte und Lou die Tüte rüber. »Bedient euch.«

Motte tat so, als merkte sie die neugierigen Blicke nicht, die Rosa und Billie sich zuwarfen. Sie konzentrierte sich ganz darauf, ihren Marshmallow so auf den Stock zu spießen, dass er nicht ins Feuer fiel.

Lou raschelte mit der Tüte. »Ich habe übrigens gute Neuigkeiten!«

»Gibt es ein Happy End?«, fragte Rosa mit gesenkter Stimme.

Motte blickte weiter stur geradeaus ins Feuer und drehte ihren Stock weiter.

»Ich habe euch doch von unserer Garage erzählt«, begann Lou eilig.

»Von welcher Garage?«, fragte Rosa.

Billie grub ihre pink lackierten Fußnägel in den Sand. »Ich versteh nur Bahnhof.«

»Die Garage, die unsere Großmutter als Büro für meinen Vater umbauen lassen wollte«, erklärte Lou geduldig. »Im Moment ist sie noch total verdreckt und dunkel.«

»Okay, ich seh das Happy End direkt vor mir«, sagte Billie mit einem spöttischen Grinsen.

Lou verdrehte die Augen. »Was ich sagen will, wenn wir wollen, können wir dort proben.«

»Du willst, dass die Popkörner in einer dunklen, dreckigen Garage proben?«, fragte Billie und musterte Lou mit einem Blick, als wäre nicht nur ihr Marshmallow, sondern auch ihr Gehirn geschmolzen.

»Wir machen es uns natürlich schön!«, widersprach Lou. »Wenn wir alle gemeinsam mit anfassen, kann es ganz bestimmt ein richtig toller Proberaum werden. Stellt euch mal vor, ein Raum nur für uns!«

»Könnte ich dort etwa auch mein Schlagzeug aufbauen?«, wollte Rosa wissen.

»Na klar!«, grinste Lou. »Solange du uns deine Grooves nicht mitten in der Nacht um die Ohren haust.«

Motte zog ihren Stock aus dem Feuer, das den weißen Marshmallow mit einer dunkelbraunen Kruste überzogen hatte. »Die Boxen und das Keyboard bekommen wir auch unter«, sagte sie.

»Wir bräuchten allerdings mehr Licht, damit wir unsere Noten erkennen können«, erzählte Lou.

»Ihr redet so, als wär es schon eine beschlossene Sache!«, fuhr Billie dazwischen. »Für mich klingt das total aufwendig. PUTZEN, STREICHEN, SCHLEPPEN. Und dann sind Ferien und kein Popkorn hat Zeit zu proben.«

Motte pikte ihr zweites Marshmallow auf. »Du willst dir doch bloß nicht die Finger schmutzig machen.«

Billie stöhnte. »Schön, dass es dir wieder besser geht.« Sie wandte sich zu Lou und Rosa. »Überlegt doch mal, warum sollen wir uns die ganze Mühe machen. In nicht mal zwei Wochen beginnen die Ferien. Und dann bin ich sowieso auf Mallorca!«

»Wann fahrt ihr denn los?«, fragte Rosa.

»Gleich die ersten zwei Wochen.«

»Du Glückliche.« Lou knabberte ihr Marshmallow von dem Stock. »Wir bleiben die ganzen Ferien zu Hause. Meine Mutter ist noch in der Probezeit und bekommt erst im Herbst Urlaub.«

»Wir begleiten meine Mutter zu einem Theatertreffen nach Budapest«, erzählte Rosa stolz. »Aber erst die letzten zwei Wochen.«

Die drei blickten zu Motte, die die Schultern zuckte. »Wir wollten nach Sylt. Aber jetzt … Ich, ich habe keine Ahnung.«

Rosa stocherte mit ihrem Stock in der Glut. »So wie die Dinge stehen, werdet ihr wohl eher nicht fahren.«

Motte starrte in die Flammen. »Vermutlich nicht.«

Lou gab sich einen Ruck. »Aber das heißt, drei von uns sind immer hier!« Sie holte ihre Gitarre aus der Tasche und begann, sie zu stimmen. »Dann lohnt es sich doch zu proben.«

»Na super!«, stöhnte Billie dramatisch. »Ich werde meine Sommerferien in einer Garage verbringen.«

Rosa lachte. »Viele Bands haben in einer Garage angefangen.«

Lou griff den ersten Akkord und zupfte mit der rechten Hand die Melodie, die ihr seit Tagen durch den Kopf ging.

»Was ist das?«, flüsterte Rosa Motte zu.

»Unser neuer Song.«

Und dann spielte Lou die Melodie, die ihr seit Tagen nicht mehr aus dem Kopf ging. Zunächst summte nur Rosa mit, Billie fiel als Zweite ein, bis auch Motte überrascht feststellte, wie sie Lous Refrain mitsang:

Ich weiß, worüber du nicht reden magst.
Und ich weiß, worüber du lachst.
Ich weiß, dass du manchmal an dir verzagst.
Und einsam über Geheimnisse wachst.

32. Song

Eine Tür geht auf

Nachdem Lou und Motte sich vor der Villa voneinander verabschiedet hatten, ging jede zu sich nach Hause. Motte konnte gar nicht aufhören, das Lied, das Lou am Lagerfeuer gespielt hatte, weiterzusummen. Ein ums andere Mal hatte Lou die Melodie wiederholt, während Motte, Rosa und Billie versucht hatten, den Text weiterzuspinnen. Vor der Haustür schlüpfte Motte aus ihren Chucks, um den Sand abzuklopfen. Der Abend mit ihren Popkörnern hatte ihr richtig Mut gemacht. Ganz gleich, was kommen würde: Sie war nicht allein!

Als Motte ins Wohnzimmer kam, lagen die Zwillinge vor dem Fernseher auf dem Fußboden und knabberten Chips. Von ihren Eltern weit und breit keine Spur. »Ist Papa da?« Motte griff in die Schüssel mit den Chips.

»Der arbeitet«, lautete Oles Antwort.

»In der Bibliothek«, ergänzte Till und zog die Chips-Schüssel zu sich.

Herr Jacobi saß an dem Schreibtisch vor dem Fenster. Er hatte seinen Kopf in beide Hände gestützt und massierte seine Schläfen.

Motte blieb in der Tür stehen. »Papa, kann ich mit dir sprechen?«, fragte sie zaghaft.

Ihr Vater fuhr hoch. »Motte, hast du mich erschreckt! Ich habe nachgedacht.«

Sie machte einen Schritt auf den Schreibtisch zu und nahm all ihren Mut zusammen, um ihm die Frage zu stellen, die ihr seit heute Mittag im Kopf herumschwirrte. »Entschuldigung. Ich wollte dich fragen, wenn Mama auszieht …« Ihre Stimme zitterte. »Wenn Mama auszieht, ich meine, wo sollen wir dann hin?«

Herr Jacobi machte ein gequältes Gesicht. »Wir werden das alles zum richtigen Zeitpunkt klären. Das verspreche ich dir.« Er griff zum Telefonhörer. »Aber nicht jetzt, Motte. Nicht jetzt.« Mit diesen Worten begann er, die Nummer zu wählen.

»Gute Nacht, Papa«, flüsterte Motte, bevor sie die Tür zur Bibliothek leise hinter sich schloss. Auf dem Weg in ihr Zimmer hörte Motte, wie Grandmère den Fernseher ausschaltete und die Zwillinge zum Zähneputzen ins Bad schickte. Sie würden dieses Chaos schon überstehen. Irgendwie. Grandmère war ja auch noch da. Als Motte in ihr Zimmer kam, war es draußen schon dunkel. Was sollte sie jetzt tun? Schlafen konnte sie auf gar keinen Fall. Sie sah aus dem Fenster. Ob Lou auch an ihrem Fenster saß und zu ihr rüberschaute? Wahrscheinlich nicht, das Dachfenster lag dunkel da, nur aus dem Wohnzimmer im Kutscherhaus schimmerte ein warmes Licht. Bei dem Gedanken daran, dass Lou jetzt mit ihrer ganzen Familie zusammensaß, fühlte Motte einen Stich.

Antons Behinderung hatte sie alle nur noch enger zusammengeschmiedet. Motte ertappte sich einmal mehr dabei, wie sie sich wünschte, Lous Schwester zu sein und mit ihr bei den Blums im Kutscherhaus zu leben. Kaum hatte der Gedanke Gestalt angenommen, meldete sich ihr schlechtes Gewissen. Wie konnte sie nur so etwas denken? Sie könnte auf niemanden aus ihrer Familie verzichten – nur leider sah es so aus, als könnte ihre Mutter das sehr wohl. Motte schluckte die Tränen runter. Ihr war schon wieder zum Heulen zumute. Sie begriff einfach nicht, weshalb ihre Mutter unbedingt bei dem Silbermann einziehen musste! War es nicht schlimm genug, dass sie die Familie auseinanderriss? Motte kehrte dem Fenster den Rücken zu. Vielleicht half es, wenn sie ihr einen Brief schrieb. Es konnte ihrer Mutter doch nicht gleichgültig sein, wie es ihr, den Zwillingen oder Papa ging. Das war ein Brief, der an einem sicheren Ort geschrieben werden musste. Mit Notizblock und Stift verließ Motte ihr Zimmer.

Sie drückte die Türklinke zum alten Gästezimmer gerade herunter, als es neben ihr quietschte.

Unwillkürlich wich Motte einen Schritt zurück. Die Tür zum verschlossenen Zimmer, das direkt neben Mottes Lieblingsversteck lag, öffnete sich. »Dachte ich mir doch, dass du es bist«, lächelte Grandmère.

Träumte sie? Motte versagte die Stimme. Das verschlossene Zimmer am Ende des Flures war für sie und die Zwillinge absolut tabu gewesen. Und wann immer Motte in der Vergangenheit heimlich die Türklinke zu diesem Raum heruntergedrückt hatte – nie hatte die Tür sich öffnen lassen.

Und nun stand Grandmère vor ihr und lächelte sie an. »Möchtest du hereinkommen?« Ihr dunkelrotes Kleid fiel weich über den Rock bis zu ihren nackten Füßen. Die Spange, die sie im Haar trug, hatte Motte noch nie gesehen. Es war ein jadegrüner Drache.

»Komm«, sagte Grandmère. »Ich möchte dir etwas zeigen.«

Den Block fest umklammert folgte Motte ihr. Wie oft hatte sie den Geräuschen aus diesem Zimmer gelauscht, wenn sie in ihrem Versteck hinter den Vorhängen hockte. Wie oft hatte sie sich gewünscht, einen kurzen Blick hineinwerfen zu können. Alles, was sie wusste, war, dass dieses Zimmer einmal Grandmères verstorbener Zwillingsschwester Gertrud gehört hatte und seit Motte denken konnte, verschlossen war.

Grandmère ließ Motte Zeit, sich umzuschauen.

I have a dream, las Motte auf dem Poster, das in einem großen Rahmen zwischen Postkarten und Fotografien über dem hellen Holzschreibtisch hing. *I have a dream that one day this nation will rise up, and live out the true meaning of its creed: ›We hold these truths to be self-evident: that all men are created equal.‹* Rechts vom Schreibtisch stand ein hohes Bücherregal. Neben Austen, Brontë und Dickens entdeckte Motte noch viele andere englische Titel. Auf einer offenen Kommode stand ein altmodischer Plattenspieler, darüber hing eine große Weltkarte.

»Sind das alles noch die Sachen deiner Schwester?«, fragte Motte verwundert.

Grandmère stellte sich neben Motte vor die Weltkarte, die an der Wand hing. »Oui, das war ihr Zimmer.«

Neugierig betrachtete Motte die Karte. Eine Reihe roter Fähnchen führte diagonal über den Atlantik, an der Spitze Südamerikas vorbei und tauchte auf der anderen Seite der Karte östlich von Neuseeland wieder auf.

Motte drehte sich zu Grandmère. »Was bedeuten die?«

»Auf dieser Route ist Gertrud einmal um die Welt gesegelt. Von England nach Südamerika, durch den Pazifischen Ozean nach Neuseeland und Australien. Sie war in China, hat vor Bombay geankert und ist durch den Suezkanal zurück ins Mittelmeer gekommen.«

Motte setzte sich neben Grandmère auf die Kante des Bettes. Von dieser Geschichte hatte sie noch nie gehört. »Wann war das?«

»1966. Wir wollten beide für ein Jahr ins Ausland. Sie nach Oxford in England und ich nach Paris.«

»Wo du Opa auf dem Flohmarkt kennengelernt hast?«

»Exactement.« Grandmère nahm ein gerahmtes Foto von der Wand. »Das sind Gertrud und ich im September 1966.«

Motte blickte auf die alte Farbfotografie. Zwei ausgelassen lachende junge Frauen auf ihren Vespas. »Ist das nicht die Vespa aus unserer Garage?«, fragte Motte überrascht.

»So ist es, Chérie. Und kannst du mich erkennen?«

»Das bist du.« Ohne zu zögern, tippte Motte auf die Frau mit den dunkleren Haaren.

Grandmère betrachtete das Bild noch einen Moment, dann reichte sie es Motte. »Wir sind die ganzen Semesterferien rumgefahren. An die Ostsee, haben am Ratzeburger See gezeltet.« Sie bekam einen verträumten Gesichtsausdruck. »Es war formidable, einfach herrlich.«

Während Motte Grandmère zuhörte, betrachtete sie das Bild genauer. Die Zwillingsschwestern ähnelten sich sehr, aber es gab auch kleine Unterschiede: Gertruds Haare schimmerten leicht rötlich. So wie Oles Haare. Ihr Gesicht war nicht so schmal und statt des bauschigen Rocks, den Grandmère trug, saß sie in einer ausgefransten Jeans auf dem Sitz. *Sie sieht wilder aus als Grandmère,* dachte Motte, *wie eine Abenteurerin.*

»Alles war arrangiert«, fuhr Grandmère fort, »ich sollte mit dem Zug nach Paris und Gertrud mit der Fähre nach Harwich fahren und von dort aus weiter nach Oxford reisen.«

»Ist ihr auf der Reise etwas zugestoßen?«

Grandmère stand auf und stellte sich vor die Weltkarte. »Nein, Chérie. Sie hat Oxford einfach sausen lassen. Pffff.« Sie zeigte auf das Fähnchen, das in Deutschland steckte. »Von hier aus ist sie losgesegelt.«

»Kiel«, las Motte.

»Eigentlich konnte sie gar nicht segeln«, lachte Grandmère. »Aber das war für Gertrud kein Hindernis. Die Crew brauchte noch einen Smut, und da sie gut kochte, nahmen sie sie mit.« Mit dem Finger fuhr Grandmère über das Blau des Atlantiks bis zu den Azoren. »Unsere Eltern waren entsetzt. Ein Studienjahr in Oxford war eine Auszeichnung, die man nicht einfach in den Wind schlug. Es gab einen bösen Streit.«

»Und dann ist sie abgehauen?«, fragte Motte. »Und ist nicht wiedergekommen?«

Grandmères Blick fiel auf die Uhr, die in dem Bücherregal stand. »Ist es wirklich schon zwanzig nach elf?«

Auch Motte hatte jedes Zeitgefühl verloren. »Bitte, Grandmère, erzähl nur noch kurz, was nach ihrer Rückkehr geschehen ist.«

Doch Grandmère schob sie sanft zur Tür. »Ich werde es dir erzählen. Versprochen. Aber jetzt ist es Zeit zu schlafen.«

Während Grandmère die Tür öffnete, murmelte sie etwas auf Französisch, das Motte nicht verstand.

»Was sagst du?«, versuchte Motte noch einmal, Grandmère zum Reden zu bringen.

»Ich meine, Geheimnisse können seltsame Auswirkungen haben. Man glaubt, sie haben längst ihre Macht verloren, und dann holen sie dich Jahre später wieder ein.«

In der Tür drehte Motte sich noch einmal zu Grandmère um. »Darf ich Lou von Gertruds Geheimnis erzählen?«

Grandmère lächelte. »Könntest du es denn vor ihr geheim halten?«

33. Song

Garagenputz und ein überraschender Besuch

Probier sie mal an«, sagte Herr Blum und reichte Motte ein Paar gelbe Gummihandschuhe.

Motte stand neben ihm in der Küche des Kutscherhauses, Anton malte am Küchentisch mit Wasserfarben ein Bild, nur Lou war noch nicht vom Gitarrenunterricht zurück.

»Passen«, sagte Motte und bewegte ihre gelben Finger. »Ich denke, jetzt haben wir alles, was wir für unsere Putzaktion brauchen.« Sie stellte den Eimer unter den Wasserhahn und drehte das heiße Wasser auf. In der Schule hatte Motte den ganzen Vormittag versucht, Lou zu berichten, was Grandmère ihr anvertraut hatte. Doch jedes Mal war etwas dazwischengekommen: Zunächst war Lou gar nicht wie sonst mit Motte zur Schule gefahren, weil sie einen Zahnarzttermin hatte. Als sie dann später in die Schule kam, klebten Rosa und Billie an ihnen, weil sie die Putzaktion für den neuen Popkörner-Proberaum planen wollten. Und nachdem Motte Lou endlich in der letzten kleinen Pause auf dem Schulhof unter den großen Bergahornbaum gelotst hatte, kam David angeskatet und nervte rum, wo Rosa wäre! Motte drehte das Wasser zu. Hoffentlich kam Lou bald vom Gitarrenunterricht, sodass sie wenigstens fünf Minuten allein waren, bevor Billie und Rosa eintrafen!

Vorsichtig trug sie den Eimer die Treppe am Kutscherhaus runter.

»Hallo!«, rief Lou, die mit ihrer Gitarrentasche auf dem Rücken die Auffahrt hochgelaufen kam. »Fängst du schon ohne mich an?«

Motte stellte den Eimer zu den anderen Putzutensilien an die offene Garagentür. »Ich dachte schon, du kommst gar nicht mehr!«

»Quatsch! Felix hat nur zehn Minuten überzogen«, erklärte Lou. »Aber dafür hat er die Nirvana-Noten gefunden!« Lou nahm ihre Gitarrentasche ab. »Willst du mal sehen?«

»Später.« Motte zog ihre Cousine zu den geöffneten Garagentüren. »Ich muss dir etwas erzählen.« Sie senkte die Stimme. »Grandmère hat mir von der Vespa erzählt.«

Eine Viertelstunde später grübelten Motte und Lou noch immer, was ihre Großmutter dazu gebracht hatte, Motte in das verschlossene Zimmer zu lassen.

»Sie wollte bestimmt nicht, dass du die ganze Nacht allein in deinem Versteck kauerst«, vermutete Lou.

Motte blickte zu dem Fenster der Villa hoch, hinter dem sich das verschlossene Zimmer befand. »Dann hätten wir doch nach oben in ihre Wohnung gehen können.«

»Stimmt.«

»Als ich gerade ins Bett gehen wollte, hat sie noch etwas über die Macht der Geheimnisse gesagt. Dass sie einen auch Jahre später noch einholen können.«

»Du hattest auch ein Geheimnis«, sagte Lou nachdenklich.

»Leider«, nickte Motte.

»Vielleicht wollte sie dir damit sagen, dass es gut ist, sich jemandem anzuvertrauen – ich meine, weil es dir jetzt besser geht als vorher«, überlegte Lou weiter.

»Darüber habe ich auch schon nachgedacht«, nickte Motte. »Vielleicht meinte sie aber auch ein ganz anderes Geheimnis.«

»Ihr Geheimnis?«, fragte Lou.

Motte dachte wieder daran, wie Grandmère auf die Uhr geblickt und sie noch im selben Atemzug ins Bett geschickt hatte. Beinahe so, als wäre sie erleichtert gewesen, einen Vorwand zu finden, um das Gespräch zu beenden. »Ja, ihr Geheimnis«, sagte sie nachdenklich, als das Geräusch des zuklappenden Gartentors sie und Lou auffahren ließ.

»Hallihallohallöle!«, rief Billie, die ihnen in schneeweißem T-Shirt und orangefarbenem Mini entgegentänzelte.

Neben ihr ging Rosa. Sie hatte ein blaues Tuch um den Kopf gewickelt, trug alte Bluejeans und winkte ihnen mit dem Besen zu, den sie über die Schulter trug. »Hi!«

Motte musterte Billie von oben bis unten. »Sind *das* deine Putzklamotten?«

»Wohl kaum«, schnippte Billie.

»Ich kann dir gern etwas leihen«, bot Lou an.

Billie schwenkte ihre Digitalkamera. »Nicht nötig, Lou. Ich mache die Doku über unsere Aktion.«

»Welche Doku?«, fragten Motte, Lou und Rosa im Chor.

Motte glaubte, sich verhört zu haben. »Du tickst wohl nicht richtig! Meinst du echt, wir wühlen uns durch den Dreck und du schießt ein paar Fotos?«

»Die Popkörner erobern sich einen neuen Probenraum!«, stellte Billie klar. »Das ist ein Meilenstein in unserer Bandgeschichte, den wir festhalten müssen!«

Motte lächelte sie an. »Und dafür bist natürlich du zuständig?«

Billie blickte sich Hilfe suchend um. »Siehst du hier jemanden, der sich sonst mit Fotografie auskennt?«

In diesem Moment kamen Herr Blum und Anton die Treppe herunter. »Braucht ihr jemanden, der euch fotografiert?«, bot Lous Vater hilfsbereit an.

»Nein danke.« Billie schüttelte den Kopf.

Doch Motte legte den Arm um Rosas und Lous Schulter und sah Billie mit blitzenden Augen an. »Doch bitte, Onkel Stefan, mach ein Foto für unser Popkörner-Album!«

Schmollend reichte Billie Herrn Blum ihren Fotoapparat und stellte sich neben Rosa.

»Rock'n'Roll!«, sagte Herr Blum und drückte ab.

Motte, Lou, Rosa und Billie lachten in die Kamera.

»Das war das Vorher-Foto«, sagte Motte vergnügt zu Billie. »Und wenn wir unseren Probenraum *erobert* haben, darfst du gerne das Nachher-Foto knipsen.«

Billie kreuzte die Arme vor der Brust. »Wenn dieser Rock schmutzig wird, zerreißt Hanni mich in der Luft.«

»Warum ziehst du auch den Rock deiner Schwester an?«, fragte Rosa. »Du wusstest doch, dass das hier keine Party wird.«

»Komm mit«, sagte Lou zu Billie. »Ich hab oben bestimmt etwas, das dir passt.«

»Das ist voll überflüssig«, stöhnte Billie, überwand sich aber doch, Lou nach oben ins Kutscherhaus zu folgen.

»Und beeilt euch«, rief Motte ihnen hinterher. »Diese Herkulesaufgabe stemmen wir nicht allein.«

Die vier putzten den ganzen Nachmittag. Rosa fegte die dicke Blätterschicht zusammen, die über die Jahre in die Garage geweht war.

Billie fegte den Sand zu kleinen Haufen, den der Wind unter den Türen hindurchgeblasen hatte.

Motte wischte den schwarzen Staub aus den Ritzen, der noch aus der Zeit der Kohleöfen stammte.

Und Lou entfernte mit ihrem Besen die Spinnweben von der Decke, den Wänden und den Fenstern.

Aufgescheucht huschten die Spinnen aus ihren eingewobenen Winkeln. Motte sah, wie Lou ihren Besen zögerlich in die nächste Ecke stieß. Sie wusste, dass ihre Cousine sich vor diesen achtbeinigen Krabblern ekelte und ihr jedes Mal ein Schauder über den Rücken lief, wenn sie eine Spinne zu Gesicht bekam.

»Angst?« Billie stellte sich zu Lou.

»Hm, eher Panik«, gab Lou zu, ohne die Spinne auf der Wand aus den Augen zu lassen.

»Die sind doch vollkommen harmlos«, sagte Billie.

»Ich weiß«, sagte Lou und wappnete sich gerade, um die Spinne mit ihrem Besen wegzufegen.

Da hatte Billie die Spinne schon mit ihrem Handfeger von der Wand auf ihre Schaufel gefegt. »Ich mach das mal.«

Lou blickte sie überrascht an. »Danke!«, stammelte sie erstaunt. »Das ist toll!«

Billie trug die Spinne aus der Garage. »Ich mag einfach keine Spinnen in unserem Proberaum!«

»Ich auch nicht«, sagte Rosa.

Ungläubig rieb Motte sich die Augen. »Cool! Das hätte ich nicht von unserem Superstar gedacht.«

In diesem Moment streckte sich von draußen eine Hand durch die Tür und krabbelte mit den Fingern das Holz rauf und runter.

»Iiiieeeh!«, quietschte Lou.

»Äh Billie, lass mal den Blödsinn!«, rief Rosa.

Aber da kam Billie singend hereingewirbelt. »Spinnentiere, Krabbeltiere huschen durch die Ecken!« Mit dem Handfeger als Mikro rockte sie durch die Garage. »Spinnentiere, Krabbeltiere suchen dunkle Flecken.« Im Vorbeitanzen wuschelte sie durch Mottes Haare. »Spinnentiere, Krabbeltiere, keiner kann euch leiden.« Sie tippelte auf Lou zu und bewegte ihre Hand wieder wie eine Spinne. »Spinnentiere, Krabbeltiere sollten sich verkleiden!«

Ganz allmählich kamen die Konturen des alten Pferdestalls wieder zum Vorschein. Der aus roten Ziegeln gemauerte Boden, die ehemals weiß getünchten Wände, am besten jedoch gefielen den Mädchen die seitlichen Stallfenster. Nachdem sie die Rahmen und Scheiben gründlich mit Essigwasser abgewaschen und mit Zeitung poliert hatten, kam darunter dasselbe leuchtende Apfelgrün zum Vorschein, in dem auch die Türen gestrichen waren.

Danach holte Motte die Leiter und schraubte eine neue Birne in die Fassung.

»Machst du mal an«, bat sie Rosa, die an der Tür die Putzsachen in den Eimer sortierte.

»Für den Anfang gar nicht so schlecht«, sagte Motte und stieg die Leiter runter.

Rosa ging zu dem Platz unter den Fenstern. »Hier kann ich das Schlagzeug aufbauen.«

Lou und Billie, die die Fenster von außen geputzt hatten, steckten die Köpfe in die Garage. »Werden hier schon Plätze vergeben – ohne uns?«, fragte Billie.

»Das Schlagzeug steht nun mal hinten«, klärte Rosa sie auf.

Lou lächelte Billie glücklich an. »Ist wirklich schön geworden, oder?«

»Ganz okay«, stimmte Billie ihr zu.

Lou kippte das schmutzige Wasser in die Büsche und betrat mit Billie ihren zukünftigen Proberaum. »Warte ab, bis wir alles gestrichen haben.«

Billie ließ sich an der Wand nach unten rutschen. »Ich rühr heute keinen Pinsel mehr an«, stöhnte sie.

»Das war aber eigentlich so geplant«, widersprach Motte, die sich neben Billie an die Wand lehnte.

»Du bist doch unser Styling-Ass«, fügte Rosa hinzu.

»Die Garage ist ruckzuck abgeklebt, glaub mir«, sagte Lou mit einem Augenzwinkern zu Rosa und Motte.

Billie sah von einer zu anderen. »Das meint ihr doch nicht ernst, oder?«

»Todernst«, sagte Motte.

Noch einen Moment hielten die drei Billies entsetztem Blick stand, dann brachen sie in wildes Gekicher aus.

»Du hast es wirklich geglaubt!«, wieherte Motte los.

»Natürlich machen wir für heute Schluss«, sagte Lou.

Rosa reckte sich. »Alles, was ich heute noch will, ist eine heiße Dusche und eine große Pizza Salami.«

»Für die Dusche ist es wohl zu spät«, erwiderte Billie, die über Rosas Schulter zum Gartentor blickte.

Rosa drehte sich um. »Wieso?«

Über die Auffahrt skatete David direkt auf sie zu.

»Hola, Popkörner«, grüßte er die vier.

»Hey!«, quetschte Rosa hervor.

»Hallo, David«, sagte Motte. »Hast du dich verlaufen?«

David sah sich um. »Scheint so, als käme ich für die Party zu spät.«

»Und du schneist hier einfach mal so zufällig vorbei?«, erkundigte Billie sich.

»Semizufällig«, sagte David, zog ein Buch aus seiner Umhängetasche und hielt es Rosa hin. »Du hast dein Mathebuch nach Sport in der Umkleide liegen lassen.«

»In der Umkleide?«

Rosa konnte sich nicht einmal erinnern, dass sie heute Sport gehabt hatte.

David hielt ihr das Buch weiter hin. »Du brauchst es doch.«

»Ja, schon.« Rosa nahm es ihm ab. »Danke.«

»Dann will ich eure Party nicht weiter stören.« Er wendete und fuhr in leichten Bögen die Auffahrt zur Straße zurück.

Billie zog die Augenbrauen zusammen. »Was läuft denn da zwischen dir und David?«

»Gar nichts!« Rosa stand auf. »Ich, ich steck das Buch nur kurz weg.«

»Wir hatten heute definitiv keinen Sport«, stellte Motte fest.

»EBEN!«, nickte Billie.

»Dann hat David es eben gestern in der Umkleide gefunden, und wennschon«, meinte Lou. »Ist doch lieb, dass er es vorbeibringt.«

»Seid ihr zusammen?«, fragte Billie.

»Nein!« Rosa fiel beinahe das Buch aus der Hand. Sie konnte es gerade noch festhalten, aber da rutschte eine Karte aus den Seiten und segelte auf den Boden.

Einladung zum Skaterfest am 25. Juni ab 17.00
Schau doch mal vorbei, David

Billie bückte sich und hob den Zettel auf. »Für wann war Rosas erster Kuss noch mal geplant?«, fragte sie mit Unschuldsmiene. »2013?«

34. Song
Mottes Starporträt

Bitte, bitte, bitte Frau Schneider, lassen Sie Rosas Steckbrief nur noch einen Tag hängen!«

Die Schulsekretärin schüttelte ungeduldig den Kopf. »Hier gelten für alle dieselben Regeln! Auch für die Popkörner.« Sie reichte Billie das Porträt. »Tut mir leid.«

»Warum wollen Sie unsere Band denn nicht unterstützen?«, brauste Billie auf.

»Ach, Billie«, seufzte die Schulsekretärin müde. »Hier sind noch 800 andere Schüler, die *unterstützt* werden wollen.« Sie drehte sich um und verschwand im Schulbüro.

»Die haben aber keine Band!«, protestierte Billie.

»Hey Billie, was ist?«, fragte Rosa, die mit Motte und Lou den Gang von der Pausenhalle herunterkam.

»Frau Schneider hat mal wieder *aufgeräumt!«* Billie gab Rosa ihren Steckbrief zurück. »Und ihr zwei …«, sie blickte schlecht gelaunt zu Lou und Motte, »… habt eure Starporträts sicher noch nicht fertig.«

Lou machte ein überraschtes Gesicht. »Ich dachte, ich bin erst nächste Woche dran.«

»Bist du auch«, murrte Billie genervt. »Eigentlich sollte seit heute ja Mottes Porträt hier hängen!«

»Mein Starporträt?«, fragte Motte, als hätte sie noch nie davon gehört.

»Nein, dein Vokabelheft!«, fuhr Billie sie an. »Na logo, dein Porträt, du Blitzleuchte! Schaffst du es wenigstens bis morgen?«

Mit einem Unschuldsgrinsen zog Motte etwas aus ihrer Umhängetasche. »Eigentlich ist er schon fertig.«

Nun war Billie vollkommen baff. »Du hast ihn tatsächlich ausgefüllt. Sogar mit Foto!«

»Hier – meine offizielle Fassung!«, gab Motte mit einem Augenzwinkern zurück.

Starporträt 3

Name: Jacobi

Vorname: Sehr sehr selten Karlotta Sophie – meistens Motte.

Wohnort: Liebermannstraße 4

Geburtstag: Frag doch mal Lou, Rosa und Billie!

Sternzeichen: Kiemenatmer

Größe: Gefühlte zwanzig Zentimeter zu klein.

Gewicht: Keine Ahnung

Hobbys: Meine Band. Meine Bücher. Mein Klavier.

Erster Kuss: Kein Kommentar

Beziehungsstatus: Kein Kommentar

Top-3 meiner Laster: Lauschen. Lästern. Kokeln.

Beschreibe dich mit wenigen Worten: Mondsüchtig

Wichtigster Moment in meinem Leben: Als meine Cousine aus Kanada gekommen ist.

»Ich find ihn super«, sagte Rosa ehrlich begeistert. »Total süß, vor allem das mit deinem wichtigsten Moment.«

»Irgendwas musste ich ja schreiben«, brummelte Motte.

Lou lächelte ihrer Cousine zu.

»Und was sind Kiemenatmer?«, fragte plötzlich eine Stimme.

Es war Brille, der sich lässig an die Pinnwand lehnte.

Ohne dass die vier Mädchen es gemerkt hatten, waren David, Josh und Brille hinter ihnen aufgetaucht.

»Das habe ich mich auch schon gefragt«, sagte Billie.

»Ich denke, Motte meint Fische«, erklärte Rosa. »Die atmen durch Kiemen.«

Brille schlug sich gegen die Stirn. »Ach so.«

»Du zählst wohl eher zu der Gattung der Mützenatmer«, Motte grinste.

Die vier Mädchen fingen an zu lachen.

»Was habt ihr gegen meine Mütze?«, fragte Brille.

»Nix!«, beteuerte Motte.

»Sie ist so – originell«, suchte Rosa nach dem richtigen Wort.

»Absolut einmalig«, nickte Lou.

»Und volle Kanne gelb!«, kicherte Billie.

Brille gab seinen Kumpels ein Zeichen. »Lasst uns mal lieber abhauen. Findet ihr nicht auch, seit sie dieses Popkorn-Ding am Laufen haben, werden sie immer durchgeknallter.«

Josh warf Motte einen Blick zu. »Eine allein geht ja noch, aber alle vier auf einem Haufen …«

Die Glocke läutete zum Ende der Pause. Während Brille und Josh in Richtung Treppe verschwanden, blieb David stehen. »Hast du es dir schon überlegt?«, fragte er Rosa. »Bist du nächsten Sonntag dabei?«

Rosa blinzelte ihn nervös an. »Keine Ahnung.«

Billie hakte sich bei ihr unter. »Wenn du Verstärkung brauchst, Süße, musst du nur Bescheid sagen.«

»Du bist doch gar nicht eingeladen!«, mischte Motte sich ein.

»Vielleicht möchten die zwei lieber allein zu dem Skaterfest gehen«, fügte Lou hinzu.

Rosa holte tief Luft. »Vielleicht würde ich das auch gerne *allein* mit David besprechen!«

»Ich seh schon, alle Popkörner sind bestens im Bilde«, stellte David verlegen fest.

»Du hättest es eben nicht so auffällig machen sollen«, sagte Billie.

»Billie, bitte!« Rosa funkelte sie an.

»Ich sag doch gar nichts«, Billie zuckte die Schultern. »Aber die Idee mit dem Mathebuch war nicht gerade genial.«

»Du kannst deine Band gerne mitbringen«, sagte David, als sie den Klassenraum erreichten. »Josh und Brille kommen auch.«

»Na, dann ist es abgemacht«, mischte sich Billie wieder ein, noch ehe Rosa etwas erwidern konnte. »Wir kommen!«

Den ganzen Vormittag gelang es Motte, kein einziges Mal an zu Hause zu denken. Erst als sie mittags vor der Haustür den Schlüssel aus ihrem Rucksack kramte, kehrte alles mit Wucht zurück: die Trennung ihrer Eltern. Der Silbermann. Die Frage, bei wem sie und ihre Brüder wohnen würden. Sie musste unbedingt mit ihrem Vater sprechen. Am besten noch heute. Dieses Mal würde sie sich nicht von ihm wegschicken lassen. Motte ließ gerade im Hausflur den Rucksack neben die Treppe fallen, als sie die Stimmen ihrer Eltern aus der Küche hörte. »Es hat einen tadellosen Ruf!«, sagte Frau Jacobi ungeduldig.

»Vanessa, das kann ich unmöglich heute entscheiden«, erwiderte Mottes Vater.

Motte blieb am unteren Treppenabsatz stehen. Was konnte ihr Vater nicht heute entscheiden?

»Das ist mal wieder typisch«, meckerte ihre Mutter. »Sobald du Verantwortung übernehmen sollst, lässt du mich im Stich.«

Herr Jacobi seufzte. »Du wirst mir verzeihen, dass ich etwas länger brauche, mich an die neue Situation zu gewöhnen als du!«

Frau Jacobi kam in den Flur. »Nun gut. *Ich* werde mir das Internat in jedem Fall ansehen! Auch ohne dich.«

Motte hatte das Gefühl, dass ihre Beine unter ihr nachgaben. In diesem Moment nahm Frau Jacobi ihre Tochter wahr. »Karlotta, hast du mich erschreckt! Wie oft muss ich dir noch sagen, dass du deinen Rucksack gleich mit auf dein Zimmer nehmen sollst.«

»Welches Internat?«, fragte Motte tonlos.

»Oh, hast du unser Gespräch etwa mitgekriegt?« Frau

Jacobi hob die Augenbrauen. »Dein Vater und ich wollten eigentlich erst später mit dir reden – ich habe Kontakt zu dem internationalen Internat Potsdam aufgenommen.«

Wie in Zeitlupe kamen die Worte ihrer Mutter bei Motte an. »Aber warum?«, brachte sie stockend hervor.

Ihre Mutter kam auf sie zu. »Es soll eine wunderbare Einrichtung sein. Gerade für Mädchen in deinem Alter. Ich denke, das würde dir im Moment guttun.«

Ihre Mutter hatte ja keinen Schimmer, was für Mädchen in ihrem Alter wunderbar war!

»Für mich brauchst du dich da nicht zu erkundigen!«, stieß Motte hervor. »Ich gehe auf keinen Fall ins Internat!«

35. Song

Grandmère weiht Motte ein

Motte konnte die Hitze an ihren Fingerspitzen fühlen. Tropfen für Tropfen schmolz das Stückchen Wachs, das sie in die Kerzenflamme hineinhielt.

»Chérie, verbrenn dich nicht«, warnte Grandmère sie.

»Ich pass schon auf.«

»Es wäre mir trotzdem lieber, wenn du es lässt«, beharrte Grandmère und schob den Kerzenleuchter außer Mottes Reichweite. Nach der Auseinandersetzung mit ihrer Mutter war Motte zu ihrer Großmutter in das verschlossene Zimmer geflüchtet.

»Als ob das etwas ändern würde!«, entgegnete Motte heftig. »Sie will uns abschieben. Einfach loswerden. Aber ich geh da nicht hin! Und wenn sie sich auf den Kopf stellt.«

Grandmère strich ihr beruhigend über das Haar. »Deine Mutter holt doch nur Erkundigungen ein, mehr nicht.«

Motte schnaufte und zog ihren Kopf weg.

Konnte Grandmère wirklich so blind sein? »Sie holt nicht nur *Erkundigungen* ein! Und das weißt du genauso gut wie ich. Sie weiß doch schon, dass es eine *wunder-*

bare Einrichtung ist!«, äffte Motte ihre Mutter nach. »In ihrem neuen, perfekten Leben mit ihrem neuen perfekten Mann hat sie einfach keinen Platz mehr für uns.« Mottes Stimme brach. »Und Papa sagt nichts dagegen!« Sie blickte Grandmère verzweifelt an, die einen tiefen Seufzer ausstieß. »Ich glaube, dein Vater muss noch den Schock verarbeiten, dass deine Mutter jemand anderen kennengelernt hat.«

»Schon, aber das müssen wir alle!«

Grandmère nahm ihre unruhige Wanderung durch das Zimmer wieder auf. »Möglicherweise könntest du dich in diesem internationalen Internat tatsächlich wohlfühlen.«

Wie bitte?! Motte starrte sie an. »Bist du etwa auf ihrer Seite?«, flüsterte sie entsetzt.

»Aber nein«, sagte Grandmère ernst. »Nur habt ihr alle drei gesagt, dass ihr auf keinen Fall zu ihr ziehen wollt.«

»Nicht zum Silbermann!«, korrigierte Motte. »Wenn Mama sich allein eine Wohnung nehmen würde, sähe die Sache anders aus.«

Grandmère setzte sich auf die andere Seite des Tisches und sah Motte eindringlich an. »Dein Vater ist viel unterwegs. Er kann sich nicht um euch kümmern.«

»Aber du bist doch auch noch da. Und Lou und Onkel Stefan und Tante Monika. Außerdem kann ich doch nach der Schule auf Ole und Till aufpassen.« Motte war sicher, dass Lous Eltern sie nicht hängen lassen würden. »Wir schaffen das! Wir sind doch eine Familie!«

Grandmère nickte nachdenklich. »Bien, ich werde mit deiner Mutter reden.«

Motte sprang von ihrem Stuhl auf und umarmte Grandmère erleichtert. »Danke! Danke! Danke!«

Grandmère gab ihr einen Kuss auf die Stirn. »Dafür versprichst du mir, dass du nicht mit dem Feuer spielst.«

Meinte sie etwa ihre kleinen Kokeleien? »Ich bin doch immer total vorsichtig.«

»Trotzdem, versprichst du es mir?«

»Ich schwöre es!«

»Excellent«, seufzte Grandmère zufrieden und stand auf. »Dann sollten wir nun ins Bett gehen. Es war ein sehr aufreibender Tag.«

Motte kuschelte sich wieder in den Korbsessel. »Nur noch fünf Minuten! Ich kann jetzt sowieso nicht schlafen.«

Hier bei Grandmère fühlte sie sich absolut sicher. Wenn sie in ihrer Nähe war, trauten sich die wispernden Schatten nicht aus den Ecken.

Ihre Großmutter lachte leise. »Du wirst noch genau so eine Nachteule wie ich.« Mit ihrem Rotweinglas stellte sie sich ans Fenster. »Das scheint bei uns Jacobis in der Familie zu liegen.«

Ihre hohe, schmale Gestalt spiegelte sich in der dunklen Fensterscheibe.

»War… war deine Schwester auch eine Nachteule?«

»Die ganz besonders.«

Motte folgte mit den Augen wieder der Spur, die die Fähnchen über die Weltkarte gezogen hatten. »Was ist mit ihr passiert?«, flüsterte sie. »Ist sie verschollen?«

Grandmère drehte sich zu ihr um. »Du willst um keinen Preis schlafen, n'est-ce pas?«

Wortlos schüttelte Motte den Kopf.

»Du bist die Erste, der ich es erzähle«, begann Grandmère. »Es war ein herrlicher, warmer Abend. Gertrud und ich kamen mit unseren Vespas von der Alster zurück, wo wir mit Freunden ein kleines Abschiedsfest gefeiert hatten. Ich wollte nach Paris aufbrechen und hoffte, sie würde ihre Weltumseglung auf die Zeit nach Oxford verschieben.«

Grandmère drehte sich um und blickte zu Motte. »Doch dann, nachdem ich versprochen hatte, unseren Eltern kein Wort zu verraten, weihte sie mich in ihren Plan ein: Schon am nächsten Tag wollte sie in See stechen.«

Versunken glitt Grandmères Blick über die Karte. »Ich bat sie, vor ihrer Abfahrt noch einmal mit unseren Eltern zu sprechen. Aber sie wollte nicht. Sie war immer noch zornig. Am nächsten Morgen war sie einfach fort. Niemand von uns hatte sich verabschiedet. *Ich lasse es mir nicht ausreden!,* hatte sie auf eine Karte geschrieben. Und *Auf Wiedersehen in einem Jahr.«*

»Und dann war sie einfach weg?«, fragte Motte ungläubig. Grandmère nickte traurig. »Drei Wochen später bekam ich den ersten Brief von ihr. Vor der Atlantiküberquerung lag die Seacloud für einige Tage in Lissabon vor Anker und Gertrud fragte mich, ob ich Lust hätte, sie zu besuchen.« Grandmère hielt inne und schwieg. Motte konnte sehen, wie schwer es ihr fiel, davon zu erzählen. »Und? Bist du gefahren?«

»Nein«, schüttelte Grandmère den Kopf. »Es passte einfach nicht. Als wir telefonierten, bat ich sie, sich bei unseren Eltern zu melden. Aber das wollte Gertrud nicht. Und sie erinnerte mich an das Versprechen, das ich ihr gegeben hatte.« Grandmère hatte ihre Hände gefaltet und knetete sie. »Eine Woche später erhielten wir eine Nachricht von der portugiesischen Küstenwache. Die Seacloud war kurz vor Madeira gekentert.«

»Sie, sie ist untergegangen?«, fragte Motte leise.

»Es hieß, dass ein Feuer die Ursache für das Unglück war. Keiner der Besatzung hatte überlebt.«

Motte schmiegte sich an Grandmères Schulter. Eine Weile standen sie still da. »Das ist ja furchtbar.«

Grandmère nickte mit geschlossenen Augen. »Sie konnten sich nicht einmal mehr versöhnen.« Dann sah sie Motte gerade in die Augen. »Wir hüten unsere Geheimnisse, weil wir fürchten, jemanden zu verlieren. Und am Ende verlieren wir ihn gerade deswegen.« Sie hielt kurz inne. »Ich werde nicht zulassen, dass sich das in unserer Familie wiederholt.«

36. Song

Alle Farben des Regenbogens

Nun verstehe ich, weshalb Ma nicht wollte, dass wir Grandmère nach der Vespa fragen«, sagte Lou, die gerade einen Bogen Zeitung auseinanderfaltete und ihn Motte hinhielt.

»Wenn sie nicht auf die Idee gekommen wäre, hier für deinen Vater ein Arbeitszimmer einzurichten, hätte sie ihren alten Roller in hundert Jahren nicht entdeckt.« Motte legte die Zeitung auf den Boden der Garage.

Sofort reichte ihr Lou den nächsten Bogen. »Es muss schrecklich für Grandmères Eltern gewesen sein.«

»Und für Grandmère. Sie hat nie mit einem Menschen darüber gesprochen. Gertrud war ihre Zwillingsschwester, ihre beste Freundin. Die beiden waren unzertrennlich.«

Motte stand auf und blickte sich in der Garage um. Seit gut einer Stunde waren sie und Lou dabei, alles für das Streichen vorzubereiten. »Sie sagt, wir erinnern sie daran, wie es damals mit ihr und Gertrud war.«

Lou sammelte die übrig gebliebene Zeitung zusammen. »Als Zwillinge gehen wir zwei wohl nicht durch.«

»Als unzertrennlich aber schon«, nickte Motte. Sie war so erleichtert, dass die Idee mit dem Internat offenbar vom Tisch war. Seit sie Grandmère gebeten hatte, mit ihrer Mutter zu sprechen, hatte diese das Thema mit keinem weiteren Wort erwähnt. Auf Grandmère war eben Verlass. Überhaupt fühlte sie sich nach den Aufregungen der letzten Wochen allmählich besser und begann, trotz der Trennung ihrer Eltern wieder zuversichtlicher in die Zukunft zu blicken. Solange sie bei Lou bleiben durfte, konnte sie einiges wegstecken.

Draußen vor der Garage hielt der VW-Bus der Blums. Lou lief ihrer Mutter entgegen. »Hast du die Farben bekommen?«

Frau Blum hob lächelnd den ersten Eimer aus dem Fußraum des Beifahrersitzes. »Ich habe zur Sicherheit gleich drei mal zehn Liter gekauft.«

»Super, Ma! Vielen Dank.«

Gemeinsam mit Motte holte sie die anderen zwei Eimer aus dem Bus. Sie hatten beschlossen, den neuen Probenraum der Popkörner in ganz hellen Farben zu streichen. Obwohl Billies Favoriten zu Beginn Pink und Orange gewesen waren, konnten sie sie am Ende überzeugen, dass Weiß und ein helles Türkis besser waren.

»Deep Purple«, las Motte das Etikett, das auf dem Deckel ihres Eimers klebte. »Ist Purple nicht Lila?«, wandte sie sich an Lou.

»Ja. Wieso?«

Motte tippte auf ihren Eimer. »Weil hier *deep purple* draufsteht.«

Frau Blum, die schon auf halber Treppe nach oben war, drehte sich um. »Da muss die Mitarbeiterin wohl ein falsches Schild ausgedruckt haben. Ich habe zwei Eimer Weiß und einen Eimer Türkis gekauft.«

Motte zog den Deckel an der Lasche hoch. »Krass!«

Der Farbeimer war bis zum oberen Rand mit einem samtigen Violett gefüllt. Frau Blum kam die Treppe wieder runter. »Wie ist das möglich? Ich habe die Eimer doch selbst aus dem Regal genommen.«

»Vielleicht stand er im falschen Regal«, meinte Lou.

»Wenn wir den Probenraum *so* streichen, bekomm ich einen Augenfehler«, sagte Motte.

»Ich bitte Papa, mit euch nachher noch einmal zum Baumarkt zu fahren und die Farbe umzutauschen«, schlug Frau Blum vor. »Ich schaffe es jetzt vor dem Dienst leider nicht mehr.«

»Nein«, Lou schüttelte den Kopf. »Das brauchst du nicht. Vielleicht können wir das Lila für die Rückwand nehmen.« Sie blickte fragend zu Motte. »Da fällt es kaum auf.«

»Lila? Welches Lila?«, fragte da Billie, die mit Rosa über die Auffahrt auf das Kutscherhaus zukam.

Motte zeigte auf den geöffneten Eimer vor ihr. »Dieses Lila!«

»Aaaaaah«, kreischte Billie begeistert auf. »Das ist ja oberschockie!«

»Sagen wir ruhig gruselig«, meinte Motte.

Rosa strich sich eine Strähne aus dem Gesicht. »Meine Mutter hatte früher mal eine Hose in genau diesem Lila.«

»Nicht wahr!«, staunte Billie.

Frau Blum ging schmunzelnd zurück zur Treppe. »Ihr klärt das schon. Wie gesagt, mein Angebot steht. Wenn ihr die Farbe tauschen wollt, sagt Bescheid.«

»War sie Model?«, fragte Billie neugierig.

»Nee, Feministin«, antwortete Rosa.

»Das waren Frauen, die früher für Gleichberechtigung gekämpft haben«, erklärte Lou, die Billies verständnislosen Blick bemerkte.

»Oh!«

»Exactement!«, mischte Grandmère sich ein, die die Stufen von der Terrasse zu ihnen herunterkam. »Damit junge Mädchen wie ihr selbst entscheiden könnt, ob ihr Seiltänzerin, Chirurgin oder Bundeskanzlerin werden wollt.«

»Hattest du etwa auch eine lilafarbene Hose?«, entfuhr es Motte.

Grandmère lachte. »Mon dieu, nein! Lila Gedanken ja, aber keine Latzhose.« Sie ging an den Mädchen vorbei und schloss das linke Garagentor auf. »Und ihr wollt den Probenraum jetzt in der Farbe streichen?«, sagte sie, während sie einen Blick auf den geöffneten Farbeimer warf.

»Auf keinen Fall!«, widersprach Motte. »Tante Monika hat aus Versehen die falsche Farbe eingekauft.«

»Das Lila würde allerdings ein wenig Wärme in den Raum bringen«, überlegte Rosa.

»Ich hab' ja gleich gesagt, Türkis und Weiß sind Zahnarztfarben«, stöhnte Billie. »Pink und Orange dagegen ...«

»Die Diskussion hatten wir abgeschlossen«, schnitt Motte ihr das Wort ab. »Wir haben abgestimmt und uns für Türkis und Weiß entschieden.«

Lou hatte inzwischen die anderen zwei Eimer geöffnet. »Da wussten wir aber noch nicht, wie schön Weiß und Lila zusammen aussehen«, sagte sie leise zu Motte. »Komm schon, nur die hintere Wand«, fügte sie lauter hinzu.

»Damit ich dieses Bonbonlila jedes Mal sehe, sobald ich die Tür aufmache?« Motte verschränkte die Arme vor der Brust. »Nur über meine Leiche!«

»Wie findet ihr es, wenn wir die Decke lila streichen? Als Inspiration«, schlug Rosa vor.

»Dann fällt mir die Decke schon nach drei Sekunden auf den Kopf und nicht erst, wenn du am Schlagzeug sitzt«, wies Motte auch diese Idee schroff zurück.

Billie baute sich vor Motte auf. »Entweder wir streichen mindestens eine Wand lila oder Lou, Rosa und ich kaufen doch noch einen Eimer Orange oder Pink!«

In diesem Augenblick schob Grandmère von innen die linke Garagentür auf und kam mit der Vespa heraus. »Warum streicht ihr die Wände nicht weiß, so wie ihr es geplant habt. Und nehmt das Lila als I-Tüpfelchen?«

Einmal mehr hatte Grandmère eine geniale Lösung gefunden, mit der alle glücklich waren. Während Lou, Rosa und Billie die Farbeimer in ihren zukünftigen Probenraum schleppten, blieb Motte noch kurz bei ihr. »Was hast du mit der Vespa vor?«, fragte sie.

Grandmère stellte den Motorroller auf den Ständer.

»Ich habe gestern Nacht noch lange nachgedacht und mir überlegt, dass ich sie reparieren lasse.«

»Willst du etwa wieder fahren?«, fragte Motte neugierig.

Ein vielsagendes Lächeln spielte um Grandmères Lippen. »On verra. Mal sehen. In jedem Fall möchte ich nicht, dass sie noch ein halbes Jahrhundert herumstehen muss. Gleich kommt jemand von der Werkstatt, um sie abzuholen.«

Am Abend, nachdem die POPkörner alle Rollen und Pinsel ausgespült hatten, stand Motte vor dem Spiegel und betrachtete die feinen Farbspritzer, die ihr schwarzes Haar wie ein bunter Konfettiregen überzogen hatten. Weiß und, Motte seufzte, natürlich auch lilafarbene Spritzer. Aus dem *I-Tüpfelchen,* das Grandmère vorgeschlagen hatte, waren mehrere große Kritzeleien geworden, die sich über alle vier Wände bis zur Decke hinaufzogen. Rosa, die von ihnen am besten zeichnen konnte, hatte mit einem dünnen Pinsel die Motive vorgemalt: eine explodierende Popcornmaschine, die neben Popcorn auch Noten und Smileys ausspuckte. Eine Gitarre mit Flügeln. Vier nasse Pudel, die sich das Wasser aus dem Fell schüttelten. Eine große Trommel mit zwei Beinen auf einem Skateboard. Ein Klavier, das von einem Heißluftballon getragen über den Himmel flog. Und hinten an die Rückwand der Garage hatte Rosa in großen Buchstaben *Die Popkörner* gemalt. Selbstverständlich alles in diesem plüschigen LILA, das allerdings nicht so grässlich aussah, wie Motte befürchtet hatte.

Als Motte eine Viertelstunde später mit frisch gewaschenen Haaren und Bademantel in ihr Zimmer zurückkam, um sich mit einem Buch in ihr Bett zu kuscheln, wartete ihre Mutter an ihrem Schreibtisch.

»Mama!«, entfuhr es Motte, bei der sofort alle Alarmglocken schrillten.

Im gleichen Moment entdeckte Motte die weiße Mappe, die auf ihrem Schoß lag. Es war ihre Deutschmappe!

»Du hast gestern deine Deutscharbeit zurückbekommen?«, fragte Frau Jacobi mit neutraler Stimme.

Wieso fragte ihre Mutter, wenn sie es sowieso schon wusste.

Frau Jacobi trommelte mit ihren perfekten Fingernägeln auf der Mappe. »Eine Vier minus! In Deutsch!«

Motte setzte sich auf ihr Bett. »Ich konnte mich eben nicht so gut konzentrieren.«

»Oh Karlotta, ich verstehe ja, dass die Situation schwer für dich ist. Trotzdem kannst du nicht immer alles darauf schieben, dass dein Vater und ich uns trennen.«

Motte schaute ihrer Mutter wütend in die Augen. »Aber es ist doch so!«

Frau Jacobi klimperte nervös mit den Augen. »Nun ja, zugegeben, die letzten Wochen waren tatsächlich etwas unruhig.«

»Unruhig?«, wiederholte Motte. »Etwas unruhig? Du und Papa trennt euch! Du… du ziehst zu deinem Silberfreund! Du kannst dich freuen, dass ich nicht nur Sechsen schreibe!«

Frau Jacobi legte die Mappe zurück auf den Tisch. Sie

sah plötzlich sehr erschöpft aus. »Ich weiß, dass es keine leichte Zeit für dich ist. Für keinen von uns.« Sie kam langsam zu Motte rüber und setzte sich neben sie aufs Bett. Motte vergrub ihre Hände tief in ihrem Bademantel. »Dein Vater ist viel auf Geschäftsreisen. Ich habe neue Aufgaben bei den *Amiciis Argentum.«*

Von diesen Aufgaben wollte Motte nichts hören. Ihre Mutter legte den Arm um ihre Schulter. Zögernd ließ Motte es zu.

»Vor allem weiß ich, dass du eine gute Schülerin sein kannst, wenn du die richtigen Voraussetzungen hast«, fuhr ihre Mutter fort. »Und deshalb habe ich für Samstag den Termin im IIP gemacht.«

Mit einem Ruck befreite Motte sich aus der Umarmung und sprang vom Bett. »Meinst du etwa dieses INTERNAT in Potsdam?«

»Es wird dir ganz bestimmt gefallen«, ihre Mutter nickte. »Und dir helfen, dich wieder auf die wichtigen Dinge zu konzentrieren.«

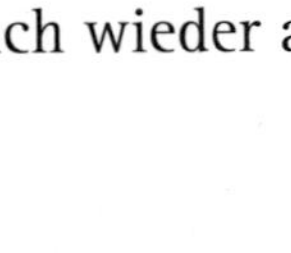

37. Song

Wo die Hoffnung erlischt, kann es nicht hell sein

Motte schloss für einen Moment die Augen und atmete tief durch. Sie musste mit Grandmère sprechen, jetzt sofort. Durch den Spalt unter der Tür schimmerte ein schwacher Lichtschein. Mit klopfendem Herzen schlüpfte sie lautlos zu Grandmère in das verschlossene Zimmer. Grandmère bemerkte sie nicht. Sie stand mit dem Rücken zur Tür und setzte gerade vorsichtig die Nadel des Plattenspielers auf die glänzende schwarze Platte. Mit einem leisen Knistern begann die Musik.

»Grandmère«, flüsterte Motte, um ihre Großmutter nicht zu erschrecken.

»Motte, ich dachte, du schläfst längst. Es muss doch schon nach eins sein!« Besorgt betrachtete sie das müde, blasse Gesicht ihrer Enkelin.

Motte stand steif vor der Tür. »Wusstest du es?«

Grandmère nickte seufzend. »Deine Mutter hat es mir heute nach dem Abendessen erzählt. Aber …«

Motte versuchte, so gefasst wie möglich zu wirken. »Bitte, lass uns nur fünf Minuten reden!«

Ehe Grandmère Widerspruch einlegen konnte, hatte Motte schon das Zimmer durchquert und es sich mit der Wolldecke auf dem Sessel bequem gemacht. »Weißt du, Mama nimmt mich einfach nicht ernst. Sie glaubt, sie kann mir dieses Internat schmackhaft machen!«

Grandmère rückte ihren Stuhl dicht neben Mottes Sessel. »Ich glaube schon, dass sie dich ernst nimmt, Chérie. Aber es ändert nichts an ihrer Entscheidung.«

Motte ballte die Fäuste. »Sie kann nicht über mich entscheiden! Papa ist auch noch da!«

Ihre Großmutter schwieg. »Grandmère? Nicht wahr, Papa will doch auch nicht, dass wir ins Internat gehen.«

Grandmère sah von ihren gefalteten Händen auf. »Deinen Vater hat es sehr getroffen, dass eure Mutter sich von ihm trennen will.«

»Und was heißt das?«

»Du musst ihm etwas Zeit geben.«

»Wie viel denn noch?!« Motte konnte das Zittern in ihrer Stimme nicht länger unterdrücken. »Ich will doch nur nicht in dieses Internat...« Motte brach ab. »Bitte sprich mit ihm!«

Grandmères Mund lächelte, aber in ihren Augen erkannte Motte eine tiefe Traurigkeit. »Das habe ich bereits«, sagte die Großmutter mit rauer Stimme. »Und er meint, dass eure Mutter entscheiden soll.«

Motte brauchte einen Moment, um das Gehörte zu verarbeiten. Ihr Vater sah tatenlos dabei zu, wie ihre Mutter sie und ihre Brüder ins Internat steckte? Und nicht einmal Grandmère konnte es verhindern?

»Es ist sicher nur für eine kurze Zeit«, versuchte Grandmère, sie zu trösten. »Lou und deine Freundinnen können dich an den Wochenenden sicher besuchen und in den Ferien bist du natürlich zu Hause.«

Motte spürte, wie ihr vor lauter Wut die Tränen in die Augen stiegen. Sie fegte die Decke beiseite und sprang von dem Sessel. »Ich lasse mich nicht einfach fortschicken! Nicht von Mama, nicht von Papa und auch nicht von dir!«

Grandmère griff nach ihrer Hand und versuchte, sie festzuhalten. »Ich will dich ganz gewiss nicht fortschicken, Chérie. Aber ich bin weder deine Mutter noch dein Vater.«

Motte machte sich los. »Auf solche Eltern kann ich verzichten!«, schluchzte Motte. Sie fühlte, wie ihr die Tränen über die Wangen liefen.

»Wir werden eine Lösung finden«, sagte Grandmère. »Das verspreche ich dir.«

Doch daran konnte Motte nicht mehr glauben. Sie war allein und sie wusste, dass sie nicht tatenlos darauf warten würde, bis ihre Eltern sie ins Internat abschoben.

38. Song

Die Würfel sind gefallen

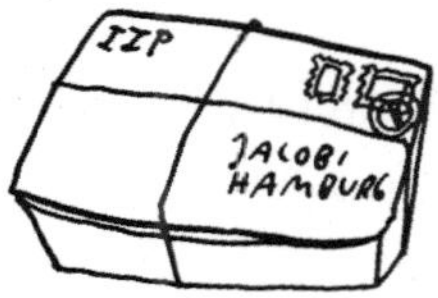

Von diesem Abend an sprach Motte kein Wort mehr mit ihren Eltern. Wenn ihr Vater sie mit leiser Stimme ansprach, tat sie so, als hätte sie ihn nicht gehört, und wenn ihre Mutter ihr bei jeder Gelegenheit die Vorzüge des Internats anpries, blickte sie einfach durch sie hindurch. Selbst mit Grandmère, von der sie sich im Stich gelassen fühlte, redete sie nur das Allernötigste. Motte fühlte sich wie eine Zuschauerin ihres eigenen Lebens. Während um sie herum scheinbar alles in seinen gewohnten Bahnen verlief, steuerte sie immer schneller und schneller auf die Internatsbesichtigung zu, zu der sie ihre Mutter begleiten sollte. Damit sie danach besprechen konnten, ob Motte die neue Schule gefiele, wie ihre Mutter sagte. Als ob es darauf ankäme? Motte wusste, dass die Entscheidung längst gefallen war, und sie hatte nicht vor, es ihren Eltern in irgendeiner Form leichter zu machen.

Die Türglocke riss Motte aus ihren Gedanken. Drei Uhr. Das musste Lou sein, die sie zu Davids Skaterwettbewerb abholen wollte. Motte steckte das Portemonnaie ein und lief nach unten. Vor der Tür standen Lou und ein Paketbote.

»Hey Motte!«

»Hey!« Motte sah zu dem Boten. »Guten Tag.«

»Kannst du das unterschreiben?« Er hielt ihr ein kleines Gerät mit Display hin.

Motte unterschrieb und er reichte ihr das Paket.

»Ist für meine Mutter«, sagte sie zu Lou.

»Danke.« Während der Paketbote mit eiligen Schritten zurück zu seinem Lieferwagen lief, entdeckten die Mädchen den Absender: *»Internationales Internat Potsdam.«* Plötzlich lag das Päckchen bleischwer in Mottes Arm. »Das sollte ich direkt ins Altpapier schmeißen!«

Lou versuchte, ihr die Post abzunehmen. »Komm, vergiss es und lass uns fahren, der Wettbewerb geht gleich los.« Doch Motte rührte sich nicht. Sie musste einfach wissen, was in dem Paket war. »Ich komme gleich nach. Ich will nur etwas nachsehen.«

Lou bewegte sich nicht von der Stelle. »Soll ich nicht hierbleiben? Ich könnte dir helfen.«

Motte rang sich ein Lächeln ab.

»Hey danke, aber das Postgeheimnis breche ich lieber allein.«

Lou sah ihr eindringlich in die Augen. »Versprich mir, dass du nachkommst!«

»Na logo!« Motte grinste. »Ich lass mir doch Davids Skaterauftritt nicht entgehen.«

39. Song

Blau, blau, blau sind alle meine Farben

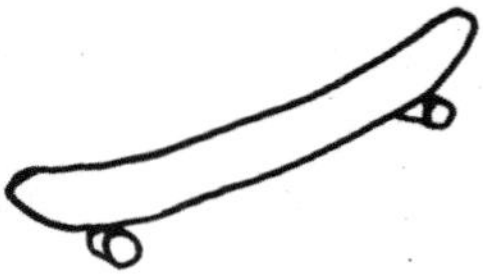

Mit einem komischen Gefühl im Bauch machte Lou sich auf den Weg. Hoffentlich baute Motte keinen Mist! Aber sie hatte ihr ja versprochen nachzukommen, sobald sie den Brief gelesen hatte. Während Lou das letzte Stück zu Rosa radelte, nahm sie sich fest vor, Motte anzurufen, sobald sie bei dem Skater-Wettkampf angekommen waren. Die Häuserzeile, in der Rosa wohnte, kam in Sicht. Lou sah sich suchend nach ihrer Freundin um. War Rosa etwa schon ohne sie losgefahren? Da entdeckte sie das Mädchen, das sich zu dem schwarzen Kater beugte, der um ihre Beine strich.

»Rosa!?«

Das Mädchen kam hoch und lachte Lou unter ihrem knallblauen Haarschopf an. »Da bist du ja.«

Ungläubig starrte Lou ihre Freundin an. »Du, du hast *blaue* Haare!« Rosa breitete die Arme aus und wirbelte mehrmals um ihre eigene Achse. »Ich musste es einfach ausprobieren!« Sie blieb stehen. »Wie findest du es?«

Lou lachte. »Richtig schön!« Sie trat auf Rosa zu. »Darf ich mal anfassen?«

Rosa beugte sich zu ihr. »Ist es nicht irre? Die Freundin meiner Mutter hat mir geholfen. Sie ist Maskenbildnerin im Theater.«

Lou strich bewundernd über das blaue Haar. »Gegen dich sieht sogar Kate Perry blass aus.«

»Ich bin ja auch ein *Popkorn«,* gab Rosa selbstbewusst zurück.

»Allerdings!«, sagte Lou grinsend. »Und ich bin gespannt, was Billie sagt.«

Als Billie die blauen Haare ihrer Freundin sah, glaubte sie zunächst, es wäre eine Perücke, die Rosa als Gag für den Skater-Wettbewerb aufgesetzt hatte.

Danach verschlug es ihr für mehrere Sekunden die Sprache. »Du hast…! Wie hast du…? Das ist… unfassbar!«, stammelte sie.

»Keine Panik«, meinte Rosa lässig. »In drei Monaten hat sich das rausgewaschen.«

»Nein, nein, so mein ich das nicht«, erwiderte Billie matt. »Es sieht umwerfend aus.«

»Danke!«, strahlte Rosa.

Billie fand erst, als sie das Gelände des stillgelegten Bahnhofs erreichten, ihre Sprache wieder. »S1-Skater-Contest«, las sie das große Schild, das über dem Tor hing. »Für was steht denn das S1?«

»Das steht für die S-Bahn-Linie 1.« Rosa stieg von ihrem Rad und schloss es neben Lous an.

»Ich hab mich schon gewundert«, meinte Billie.

Als die drei Popkörner den Platz hinter der Rangierhalle erreichten, wo der Parcours aufgebaut war, fuhren sich die Skater bereits warm.

»Da sind Brille und Josh!« Lou zeigte auf ihre Klassenkameraden, die auf der gegenüberliegenden Seite in einer größeren Jungsgruppe standen, und winkte ihnen zu. Josh, der offenbar Rosas neue Haarpracht entdeckt hatte, stieß Brille heftig in die Seite.

»Kleingemüse«, raunte Billie und ließ den Blick über das Publikum schweifen. An die zweihundert Zuschauer waren gekommen. Auf der Längsseite des Platzes entdeckte Billie Felix und seine Kumpels aus der neunten Klasse. »Von da haben wir einen super Blick!«, rief sie und zog Lou und Rosa mit.

In diesem Augenblick kam David auf seinem Board aus der Halle geskatet. Lou merkte, wie Rosa ihren Schritt verlangsamte. Plötzlich schien sich alles in Zeitlupe zu bewegen. Im Hintergrund wurden durch die Lautsprecher die Teams vorgelesen. Doch statt zum Startpunkt zu fahren, kam David direkt auf Rosa zugerollt und stoppte neben ihr.

»Hey, schön, dass ihr da seid!«, begrüßte er die Popkörner.

»Viel Glück«, sagte Lou und zog Billie ein Stückchen weiter.

David kam noch etwas näher zu Rosa und betrachtete ihre blauen Haare. »Steht dir gut.«

Rosa räusperte sich. »Danke!«

Als er schon wieder mit einem Fuß auf seinem Board stand, drehte sich David noch einmal zu ihr um. »Sogar sehr gut«, flüsterte er und gab ihr einen schnellen Kuss.

Dann begann der Wettbewerb. Es traten zwei Gruppen von je sieben Skatern an. David gehörte zur ersten Gruppe, in der die bis Fünfzehnjährigen fuhren. Hatten die Mädchen vor dem Wettbewerb noch gerätselt, wozu die aufgebauten Hindernisse dienten, verfolgten sie nun atemlos, wie die Skater mit ihren Boards quer über die Betonschwellen glitten, Rampen übersprangen, sich in der Luft drehten, um sogleich mit neuem Schwung auf das nächste Hindernis zuzufahren. Durch die scharrenden Lautsprecher wurde der nächste Skater angesagt: David Feldmann.

»David! David!«, feuerten Josh, Brille und die anderen Jungs ihrer Klasse an.

»Du schaffst es!«, wisperte Rosa aufgeregt.

»Will er etwa mit der Halfpipe anfangen?«, wunderte Billie sich.

Tatsächlich steuerte David direkt auf die große u-förmige Anlage zu, die am Ende des Platzes aufgebaut war, und begann, zwischen den sich gegenüberliegenden senkrechten Steilwänden Schwung zu holen. Je höher er die Wände hinaufglitt, desto gefährlicher sah es aus.

»Wenn er nicht aufpasst, fliegt er noch über die Wand«, kommentierte Billie.

Rosa presste sich die Hand vor den Mund.

Nur Lou war mit ihren Gedanken woanders. Wieder suchte sie das Publikum nach Motte ab. Wo blieb sie nur? Begeisterter Applaus riss sie aus ihren Gedanken und Lou blickte zurück zu David, der gerade die Steilwand hochsauste, sich in der Luft um die eigene Achse drehte und die Wand wieder hinunterfuhr.

Rosa sprang in die Luft. »Jaaaaa! Suuuuper!« Sie klatschte begeistert. »Habt ihr gesehen? Habt ihr das gesehen!«

Billie verdrehte die Augen. »Jaha, *dein* fliegender Pudel war ja nicht zu übersehen.«

»Oooh, was hat er denn jetzt vor?«, rief Rosa. Sie fieberte so sehr mit, dass ihr Billies spitze Bemerkung vollkommen entging.

Lou tippte Billie an. »Kannst du mir mal dein Handy leihen?«

Billie zog es aus ihrer Tasche. »Willst du Motte anrufen?«

Lou nickte und wählte die Nummer. »Ich versteh einfach nicht, wo sie bleibt.«

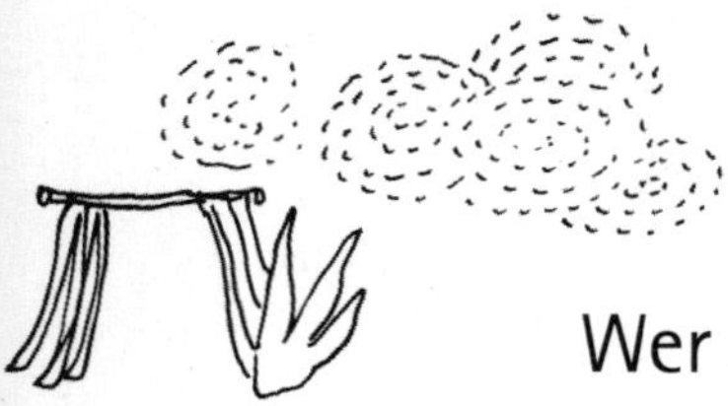

40. Song

Wer mit dem Feuer spielt

Was für ein Glück, dass sie ganz allein war. Mit dem Paket unter dem Arm lief Motte die Treppe in den ersten Stock hoch. Ihre Mutter machte Besorgungen mit den Zwillingen. Grandmère war zur Werkstatt gefahren, um ihre Vespa abzuholen, und ihr Vater sollte erst am Abend aus London zurückkommen. So konnte sie sich den Inhalt des Pakets in aller Ruhe ansehen. Motte ging gar nicht erst in ihr Zimmer, sondern lief direkt den Flur weiter zu ihrem Versteck im alten Gästezimmer. Für den Fall, dass doch jemand früher nach Hause kam, wollte sie nicht dabei erwischt werden, wie sie die Post ihrer Mutter öffnete.

Sie zog die Tür fest zu und verschwand hinter dem Vorhang. Dabei war es ja eigentlich gar nicht die Post ihrer Mutter. Motte betrachtete das Paket vor sich auf der Fensterbank. Es war aus fester Pappe, hatte die Größe eines DIN-A4-Umschlags und war nur wenige Zentimeter hoch. Vermutlich enthielt es Informationsmaterial über das Internat. Hochglänzende Bilder mit strahlenden Gesichtern von Kindern und Jugendlichen. Motte sah aus dem Fenster über den Garten, in dem der Meerschweinchenstall stand, über das Kutscherhaus, das Lou mit ihrer Familie zu neuem Leben erweckt hatte und in dem die Popkörner nun sogar ihren eigenen Proberaum hatten. Sie sah zu der großen Kastanie, in deren Zweigen die Amseln ihr Nest gebaut hatten, und über die mächtigen Rhododendren, die in voller Blüte standen.

Mit zusammengepressten Lippen zog Motte den Klebestreifen rund um das Paket ab. Zuoberst lag ein Anschreiben.

Internationales Internat Potsdam
Schulsekretariat
Pfauenweg 1
19099 Potsdam

Potsdam, den 22. Juni 2013

Sehr geehrte Frau Jacobi,

wir danken Ihnen für das Vertrauen, das Sie unserer Institution entgegenbringen, und senden Ihnen hiermit den Schulvertrag in dreifacher Ausfertigung zu. Zwei Exemplare senden Sie bitte unterschrieben an uns zurück. Eines ist für Ihre Unterlagen.

Wie wir ja bereits telefonisch besprochen haben, beginnt das Schuljahr am IIP für unsere neuen Schüler und Schülerinnen zehn Tage vor Ablauf der Sommerferien, damit alle die Gelegenheit haben, sich gut einzuleben, bevor der re-

guläre Unterricht beginnt. Wie Sie sich bei Ihrem Besuch am kommenden Wochenende selbst vergewissern können, verfügen wir auch über herausragende Musikpädagogen, die den Klavierunterricht Ihrer Tochter Karlotta Sophie weiterbegleiten können. Mit diesem Schreiben erhalten Sie überdies eine Übersicht aller Kurse des IIP, die Hausordnung und eine Liste der Dinge, die Sie bitte für Ihre Tochter anschaffen.
Wir freuen uns, Sie und Ihre Tochter in wenigen Tagen bei uns begrüßen zu dürfen, und verbleiben bis dahin mit hochachtungsvollen Grüßen

Dr. Wolfgang Müller (Direktor)

Mit zitternden Fingern zog Motte die Papiere aus der Schutzhülle. Es waren tatsächlich die Schulverträge! Motte starrte auf das Schreiben. Vor ihren Augen verschwammen die Buchstaben. Sie hatte ja geahnt, dass ihre Mutter sie in das Internat schicken wollte, ganz gleich, was sie dazu sagte. Aber damit, dass diese Entscheidung quasi nur noch eine Unterschrift entfernt war, hatte Motte nicht gerechnet.

Entschlossen schob sie die Blätter zusammen. Ihre Mutter ließ ihr einfach keine Wahl. In ihrem Nachttisch hatte sie noch das Geld von ihrem letzten Geburtstag. Damit konnte sie sich eine Weile durchschlagen. Motte zog die Streichholzschachtel hervor. Vorher musste sie nur noch etwas entsorgen. Das Anschreiben war als

Erstes an der Reihe. Motte zerknüllte es und legte es auf einen Zinnteller, um keine Spuren zu hinterlassen.

»Mit hochachtungsvollen Grüßen«, flüsterte sie, als die Flamme an dem Papier leckte. Innerhalb von Sekunden fing die Papierkugel Feuer, loderte auf und zerfiel knisternd zu Asche. »Du wirst keinen Vertrag zurücksenden«, murmelte Motte, während sie die Blätter des ersten Vertrages zusammenpresste und auf den Teller legte. Moment, warum sollte sie nicht auch gleich die anderen beiden Exemplare mit verbrennen? Je eher sie hier fertig war, desto schneller konnte sie ihren Rucksack packen und verschwinden. Motte schichtete das Papier bis zum letzten Blatt auf den Teller. Dieses Mal riss sie gleich drei Streichhölzer an und hielt sie von unten an die Seiten. Blitzschnell fraß sich eine helle Flamme durch die Pyramide nach oben, glühende Ascheteilchen flogen auf. Instinktiv rutschte Motte ein Stückchen zurück und stieß dabei mit dem Knie gegen den Teller, sodass er von der Fensterbank fiel. Sofort leckten die Flammen an dem bodentiefen Vorhang, hinter dem Motte saß. »Oh nein!«, rief sie und sprang aus ihrem Versteck. Knisternd brannten die Papierkugeln auf dem Teppichboden weiter. Schon breitete sich eine erste braune Spur aus. Hektisch sah Motte sich nach etwas um, mit dem sie das Feuer löschen konnte. *Wasser! Ich muss Wasser holen!,* dachte sie und rannte aus dem Zimmer. Am anderen Ende des Flurs befand sich das Badezimmer. Aber womit sollte sie das Wasser transportieren? Die Zahnputzbecher waren zu klein. Da fiel ihr Blick auf den Wäschekorb. Er war aus einem beschichteten Stoff. Ohne zu zögern, kippte sie die Wäsche aus, stellte den Korb in die Dusche, hielt den Duschkopf hinein und drehte das Wasser voll auf. Langsam, viel zu langsam füllte sich der Behälter. Als er halb voll war, hievte Motte ihn aus der Dusche und schleifte ihn durch den Flur zum Gästezimmer zurück. Durch den Türrahmen zog bereits eine Rauchfahne. Was hatte sie nur angerichtet! Der Vorhang stand schon bis unter die Decke in Flammen. Der Teppich qualmte und von dem Sessel, der dem Fenster am nächsten stand, knisterte es. *Ich muss es löschen! Ich muss es löschen,* war alles, was Motte denken konnte. Wenn es ihr gelang, die Flammen am Vorhang zu löschen, würde sich das Feuer nicht weiter ausbreiten können. Mit bloßen Händen schöpfte sie das Wasser aus dem Wäschekorb. Doch das bisschen Wasser verdampfte in der Hitze so schnell, dass es zischte. Der Rauch biss in Mottes Augen. Er brannte in ihrem Hals. Sie musste husten. Trotzdem schaffte sie es, die untere Hälfte des Vorhangs beinahe zu löschen, als plötzlich kein Wasser mehr da war. Sie wollte gerade loslaufen, um mehr Wasser zu holen, als der Vorhang sich oben löste und brennend zu Boden fiel. Motte sprang zurück. Flammen, Rauch und Staub hüllten sie ein.

»Was ist hier los?«, hörte sie jemanden rufen.

»Papa! Papa!« Nun biss der Rauch so stark in ihrem Hals, dass sie kaum noch sprechen konnte.

Motte fühlte noch, wie sie von zwei starken Händen hochgehoben wurde. Dann wurde ihr schwindelig.

41. Song

Motte taucht auf

Gott sei Dank bist du direkt nach Hause gefahren.«

»Ich dachte, sie verbrennt.«

»Lass uns bitte nicht darüber reden. Es ist ja noch mal alles gut gegangen.«

Von weit her drangen leise Stimmen zu Motte durch, die ihr vertraut waren. Aber sie war müde, so müde, dass sie nicht verstand, was sie sagten. Sie trieb in einem dichten weißen Nebel und wusste weder, wo sie war, noch was geschehen war.

»Man konnte den Rauch schon unten in der Diele riechen.«

War das die Stimme ihres Vaters? Rauch, Flammen, Feuer... der Vorhang, der von der Decke fiel. Motte schnappte nach Luft und öffnete mit einem Husten die Augen. Sie war im Krankenhaus. Links und rechts an ihrem Bett saßen ihre Eltern mit totblassen Gesichtern.

»Motte«, sagte ihr Vater und griff über die Decke nach ihrer Hand. »Wie geht es dir, Schatz?«

Mottes Atem beruhigte sich, das Stechen im Brustkorb ließ nach. Sie erinnerte sich noch daran, wie der Zinn-

teller mit dem brennenden Papier von der Fensterbank gefallen war. »Was mache ich hier?«, fragte sie und versuchte, sich mit der linken Hand aufzustützen. Ein brennender Schmerz ließ sie zurückzucken.

»Du hast dich verbrannt.« Ihre Mutter legte behutsam Mottes Hand zurück auf die Decke.

Erst da bemerkte Motte den Verband an ihrer linken Hand. Sie ließ sich zurücksinken.

»Und du hast eine leichte Rauchvergiftung«, fügte ihr Vater hinzu.

»Papa hat dich gerade noch rechtzeitig gefunden. Sonst...«, ihre Mutter unterdrückte ein Schluchzen und wandte sich ab, um sich über die Augen zu wischen.

Langsam kehrte die Erinnerung zurück. Das Feuer war außer Kontrolle geraten. Sie hatte es einfach nicht geschafft, es zu löschen. »Und was ist mit... dem Haus?«, flüsterte Motte. »Es, es ist doch nicht abgebrannt?«

»Mach dir keine Sorgen«, sagte Herr Jacobi beruhigend. »Die Feuerwehr konnte alles löschen.«

Motte seufzte. »Es tut mir so leid. Ich wollte nicht, dass der Vorhang Feuer fängt. Ich wollte bloß die Sachen vom Internat verbrennen, aber der Teller ist runtergefallen und...«

Sie blickte von ihrem Vater zu ihrer Mutter, die mit hängenden Schultern auf dem Krankenhausstuhl saß. Ihre Frisur war völlig zerzaust und in ihren Augen lag ein Ausdruck, den Motte noch nie gesehen hatte. »Wir wissen, dass es keine Absicht war, Karlotta«, setzte Frau Jacobi an. »Wir...«, sie verbesserte sich, »ich habe in den vergangenen Wochen vieles verkehrt gemacht. Ich dachte, wenn ich alles *organisiere,* würde … würde die Trennung leichter werden.«

»Vielleicht für dich, Mama. Aber nicht für uns«, sagte Motte leise.

Frau Jacobi nickte müde. »Ich weiß«, ihre Stimme war kaum zu hören. »Aber ich dachte wirklich, dass dir eine Zeit im Internat guttun könnte.«

Herr Jacobi räusperte sich. »Ich denke, die Idee mit dem Internat hat sich ein für alle Mal erledigt«, sagte er und blickte zu seiner Frau. »Ich habe mir eingeredet, dass es das Beste ist, wenn ich mich zurückhalte, möglichst wenig in Erscheinung trete.« Er sah zu Frau Jacobi. »So war unsere Aufteilung. Aber …«, er sah wieder zu Motte, »irgendwie scheinen unsere Kinder mich wohl doch zu brauchen.«

Motte griff nach der Hand ihres Vaters. »Natürlich brauchen wir dich! Und nicht nur irgendwie!«

Bevor ihr Vater etwas erwidern konnte, flog die Tür auf und Grandmère kam ins Krankenzimmer. »Mon dieu! Wie geht es ihr?« Mit wenigen Schritten stand sie neben dem Bett und hatte Motte fest in die Arme geschlossen. »Was machst du für Dummheiten!? Du hattest mir doch hoch und heilig versprochen, nicht mehr zu kokeln!«

Motte schmiegte sich in Grandmères Arme. »Och, beim normalen Kokeln wäre auch gar nichts passiert.«

Grandmère schob sie ein Stück von sich und sah sie mit funkelnden Augen an. »Denkst du wirklich, du kannst das Feuer beherrschen, Motte? Du, ein elfjähriges

Mädchen?« Sie ließ ihren Blick zwischen Mottes Eltern hin und her wandern. »Wo es nicht einmal Erwachsene können!«

Motte sah, wie ihre Mutter den Kopf senkte.

»Dieses Mal hat sie einen Schutzengel gehabt«, fuhr Grandmère an Herrn und Frau Jacobi gewandt fort. »Für die Zukunft unserer Familie wünsche ich mir, dass niemand mit seinen Sorgen allein gelassen wird. Dass wir über alles Wichtige reden und nicht schweigen. Und dass ihr endlich eure Probleme klärt!«

42. Song 16

Lous heiliger Zorn

Noch am selben Abend kam Lou im Krankenhaus vorbei.

»Karlotta Jacobi? Einen Moment«, sagte die Krankenschwester und tippte etwas in ihren Computer. Lou stand am Tresen und wartete. Als sie nach dem Skater-Wettkampf nach Hause gekommen war, hatte sie die Straße vor der Jacobi-Villa abgesperrt vorgefunden, die Feuerwehr rollte gerade die letzten Schläuche ein. Lous Herz begann zu rasen. Was hatte das zu bedeuten? Was war mit Motte? Hinter der Villa war sie auf ihre Eltern gestoßen, die die Zwillinge unter ihre Fittiche genommen hatten. Sie erzählten Lou, dass es im ersten Stock gebrannt hatte und dass Motte ins Krankenhaus eingeliefert worden war. Frau und Herr Blum wussten nicht, wie es zu dem Feuer gekommen war – Lou hatte allerdings ihre Ahnungen. Kurz darauf hatte ihnen Onkel Oliver eine Nachricht aus dem Krankenhaus geschickt. Wie durch ein Wunder war Motte beinahe unversehrt.

»Sie liegt auf Zimmer 16«, sagte die Krankenschwester.

Lou bedankte sich und rannte den Gang hinunter.

Zimmer 14, 15. Vor Zimmer 16 holte sie tief Luft und ging rein. »Hey«, sagte Lou und setzte sich zu Motte auf die Bettkante. Sie musterte das blasse Gesicht ihrer Cousine und den dicken Verband, den sie an der linken Hand trug.

Motte lächelte. »Grandmère hat gesagt, dass du noch kommst.«

Lou starrte Motte an und verschränkte die Arme vor der Brust. »Mach das nie wieder! Hörst, du. Nie, nie wieder!«

Motte rutschte auf ihrem Kissen ein Stück hoch. »Denkst du, ich hab das mit Absicht gemacht?«

»Das wäre ja auch noch schöner!«, fuhr Lou sie an. »Du hast mir gesagt, du willst dir den Brief durchlesen! Von abfackeln war keine Rede!«

»Da waren die Verträge vom Internat drin!«

»Ja, und? Dann hätten sie eben neue geschickt! Was hast du dir dabei nur gedacht?« Lou hörte, wie ihre Stimme lauter wurde.

»Bist du sauer?«

Lou atmete aus. »Auch! Weißt du, wie knapp das war? Ma hat in der Notaufnahme schon einige Leute mit Rauchvergiftung gehabt. Das ist kein Spaß! Daran kann man sterben!«

»Ich weiß«, sagte Motte kleinlaut.

»Grandmère hat fast einen Herzinfarkt bekommen, als sie die Feuerwehr gesehen hat.« Lou blickte Motte in die Augen. »*Sie* dachte, dir wäre etwas passiert. *Ich* dachte, es wäre dir etwas passiert!«

Um Mottes Mundwinkel zuckte es. »Wenn du wütend bist, siehst du genauso aus wie Grandmère.«

»Lenk nicht ab!« Lou versuchte, Motte streng anzugucken, aber ihr Zorn war verraucht und sie war einfach nur froh, dass Motte nichts Schlimmes passiert war.

Motte beugte sich vor. »Als ich begriffen habe, dass meine Mutter schon die Verträge für das Internat bestellt hat, habe ich rotgesehen.«

»*Feuer*rot«, ergänzte Lou. Sie strich mit dem Finger über Mottes weißen Handverband. »Was hattest du eigentlich vor, nachdem du die Sachen verbrannt hast? Wolltest du so tun, als wäre das Paket nie angekommen?«

»Ich … ich …«, stammelte Motte.

Plötzlich begriff Lou, was Motte vorgehabt hatte. »Wolltest du abhauen?«

Motte schluckte. »Na ja, ich habe darüber nachgedacht.«

»Ohne mich?«, setzte Lou ungläubig nach.

Motte lachte heiser. »Warum solltest du denn abhauen wollen?«

Lou blickte ihr fest in die Augen.

»Weil es leichter ist, zu zweit durchzubrennen, als alleine, du Dummie!«

»Da ist was dran«, seufzte Motte. »Aber ich fürchte, dieses Abenteuer müssen wir auf ein anderes Mal verschieben.«

Lou machte ein nachdenkliches Gesicht. »Ich hoffe, dir ist klar, dass dies dein letzter Alleingang war!«

Motte kicherte. »Ja, ich hab's kapiert.«

43. Song

Die Perle

eins, zwei, drei

Ungeduldig sah Motte auf ihre Uhr. Ihr Vater hatte doch gesagt, dass er nur kurz die Entlassungspapiere vom Arzt abholen wollte. Und nun war er schon über eine Viertelstunde weg! Motte wollte los. Drei Tage hatte sie im Krankenhaus zur Beobachtung verbracht. Dabei hatte sie sich gleich nach der ersten Nacht wieder gut gefühlt: Das Schwindelgefühl und die Kopfschmerzen hatten sich verflüchtigt und dank der Salbe, die die Krankenschwester auf ihre Hand aufgetragen hatte, war das Brennen schwächer geworden. Das einzig Gute an ihrem Krankenhausaufenthalt war, dass sie den Termin für ihr Geschichtsreferat verpasst hatte.

Motte schlüpfte in die Schuhe, die ihre Mutter ihr am Vortag mitgebracht hatte. Es waren Stiefel, damit Motte sie auch mit einer Hand allein anziehen konnte. Wenn ihr Vater nicht zur ihr kam, würde sie ihn eben im Arztzimmer abholen. Motte steuerte gerade auf den Tresen zu, um die Schwester zu fragen, als sie hörte, wie am Ende des Gangs die Schwingtür zurückfiel.

Mit federnden Schritten und einem strahlendem Lächeln im Gesicht kam Grandmère auf sie zu.

»Ah, da bist du ja, Chérie!« Sie nahm Motte in den Arm und gab ihr auf jede Wange einen Kuss. »On y va?«

»Ja, *ich* kann los. Wir müssen nur noch Papa finden.«

Grandmère winkte der Schwester am Tresen zu. »Merci beaucoup!« Dann blickte sie zu Motte. »Dein Vater ist schon vorgefahren.«

Motte blieb vor der Schwingtür stehen. »Wie, vorgefahren?«

Grandmère hielt ihr die Tür auf. »Er hatte noch eine Kleinigkeit zu erledigen.«

Aha, der Plan ihres Vaters, sich mehr Zeit für die Familie zu nehmen, fing ja schon mal gut an. Höchstwahrscheinlich hatte er einen Anruf von einem wichtigen Geschäftspartner bekommen, dem selbstverständlich sofort nachgekommen werden musste. Motte fand es doof, dass er sich nicht wenigstens von ihr verabschiedet hatte. All dies ging ihr durch den Kopf, während sie an Grandmères Seite zum Krankenhausparkplatz ging.

»Et voilà«, Grandmère lächelte. »Wir sind da.«

Im ersten Moment verstand Motte nicht, was Grandmère meinte. Hier parkte doch gar nicht ihr kleiner Flitzer, sondern ein dunkelgrüner Motorroller.

»Die VESPA!«, rief Motte. »Wie, wie kommt die denn her?«

Auf Hochglanz poliert, mit neuen Reifen und frisch bezogenem Sitz, stand sie vor Motte.

»Ich habe sie gestern aus der Werkstatt abgeholt.«

Grandmère nahm die Tasche, die über dem Lenker hing, zog einen Helm hervor und reichte ihn ihrer Enkelin.

Nachdem sie beide ihren Helm aufgesetzt hatten, stiegen sie auf, Motte legte von hinten beide Arme um Grandmère.

»Gut festhalten«, sagte diese und dann fuhren sie in einer weichen Kurve vom Parkplatz.

Die Vespa holperte fröhlich über die Straße, während ein warmer Windzug um ihre Nasen wehte.

Viel zu schnell erreichten sie ihre Straße und Grandmère steuerte die Vespa auf die Auffahrt der Jacobi-Villa zu.

Mit einem Seufzer stieg Motte hinter ihr ab. »Ich könnte noch ewig fahren!«

Grandmère stellte den Motor ab. »Wenn deine Hand wieder ganz verheilt ist, machen wir eine längere Tour!« Sie schob die Vespa durch das Gartentor.

Motte musterte die Villa aus den Augenwinkeln. Von der Straßenseite aus war nicht zu sehen, dass es hier erst vor wenigen Tagen gebrannt hatte. Sie wollte gerade den Weg zur Vordertür einschlagen, als Grandmère leicht den Kopf schüttelte. »Ich glaube, sie sind alle im Kutscherhaus.«

Motte fühlte, wie ihr der Mut sank. Die Leichtigkeit, die sie noch vor wenigen Minuten durchströmt hatte, verpuffte. War der Schaden in der Villa etwa so groß, dass die Jacobis zu Lous Familie ziehen mussten?

Wo war Lou überhaupt?

Wo waren ihre Eltern und die Zwillinge?

Warum kam niemand, um sie zu begrüßen?

Vor dem Kutscherhaus blieb Grandmère stehen und drückte zweimal auf die Hupe der Vespa.

Mottes Blick wanderte über die rückwärtige Fassade der Villa. Das Fenster, hinter dem das alte Gästezimmer lag, war mit einer Plastikfolie abgedichtet. Alle anderen Fenster schienen unversehrt.

In diesem Moment hörte sie hinter sich ein Knarren. Als sie sich umdrehte, öffnete sich unten im Kutscherhaus die Tür zur alten Abstellkammer.

Motte traute ihren Augen nicht. Aus dem hell erleuchteten Probenraum stürmten drei Popkörner auf sie zu. Lou, Billie und Rosa trugen alle das T-Shirt mit dem coolen Popkörner-Aufdruck.

»Hey, Motte!«, Rosa pustete sich den blauen Pony aus den Augen.

Motte riss die Augen auf. »Wow, Rosa! Du siehst ja richtig krass aus!«

»WILLKOMMEN UNTER DEN LEBENDEN!«, kreischte Billie dazwischen.

»Ihr könnt runterkommen«, rief Lou in die obere Etage des Kutscherhauses.

Motte wollte fragen, was das alles zu bedeuten hatten, aber da kamen bereits Ole, Till und Anton mit Geheul die Treppe heruntergerannt, gefolgt von ihrem Onkel, ihrer Tante, ihren Eltern und ganz zum Schluss David.

»Was macht der nasse Pudel hier?«, flüsterte Motte Lou zu.

Statt einer Antwort formte Lou mit beiden Händen ein Herz und grinste zu Rosa hinüber.

Von allen Seiten wurde Motte gedrückt und geküsst.

Zwischen Till und Ole drängelte sich Anton nach vorn zu Lou. »Lusi, wann spielt ihr den neuen Schong?«

»Pscht!«, machte Lou.

Anton legte seine Stirn in Falten. »Hast du doch keinen Schong für Motte?«

»Oh, Anton, du solltest doch nichts verraten!«, kam es von Lou.

Motte sah Lou neugierig an. »Was für ein Song? Ich war doch nur drei Tage weg.«

Lou hakte Motte unter. »Kann 'ne Menge passieren, in drei Tagen.« Sie blickte zu Rosa und Billie, die neben ihr zur Garage gingen.

»Oh, äh, ja!«, strahlte Rosa.

Billie warf ihre Locken nach hinten. »Verdammt viel!«

Während Rosa sich an das Schlagzeug setzte und Lou und Billie sich vorn ans Mikro stellten, bildeten die anderen einen Halbkreis vor der Garage. Motte lehnte sich an ihren Vater.

»Weißt du, was jetzt kommt?«, fragte sie.

»Etwas ganz Besonderes, für ein ganz besonders Mädchen«, antwortete er leise.

Lou nahm ihre Gitarre. »Diesen Song haben wir für dich geschrieben.«

Billie schaltete das Mikro ein. »Na ja, das meiste hat Lou geschrieben.«

Rosa gab die ersten Achtel auf der Hi-Hat vor. »Eins, zwei, drei …«, zählte sie ein und dann begannen die Popkörner zu spielen.

»Ich weiß, worüber du nicht reden magst.
und ich weiß, worüber du lachst.
Ich weiß, dass du manchmal an dir verzagst
Und einsam über Geheimnisse wachst.

Aber vergiss nicht, ich bin für dich da,
ganz egal, wann du mich brauchst.
Komm zu mir in mein Schneckenhaus
Vergiss nicht, ich bin für dich da,
Komm zu mir und ruh dich aus.

Auch wenn es sich so anfühlt
und du nicht mehr weiter weißt:
Du bist nicht allein!

Denn ich weiß, woran du nicht glauben kannst.
und ich weiß, woran du denkst.
Ich weiß, du fühlst dich ganz ausgefranst,
wenn dein Traum am seidnen Faden hängt.

Aber vergiss nicht, ich bin für dich da,
ganz egal, wann du mich brauchst.
Träum mit dir durchs Feuerland.
Vergiss nicht, ich bin für da.
Träum mit mir – Hand in Hand.
Auch wenn es sie so anfühlt
und du nicht mehr weiter weißt:
Du bist nicht allein!

Denn ich weiß, worauf du nicht wetten willst.
Und ich weiß, worauf du hoffst.
Ich weiß, dass du oft im Dunkeln sitzt
Und allein Seelenlöcher stopfst.

Aber vergiss nicht, ich bin für dich da,
ganz egal, wann du mich brauchst.
Komm zu mir in mein Schneckenhaus
Vergiss nicht, ich bin für dich da,
Komm zu mir und ruh dich aus.
Komm zu mir.
Du bist nicht allein.«

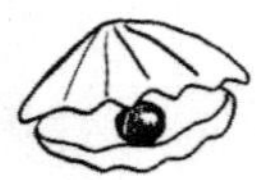

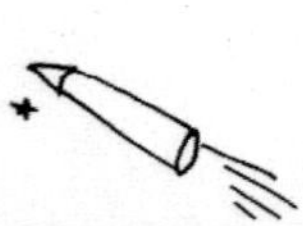

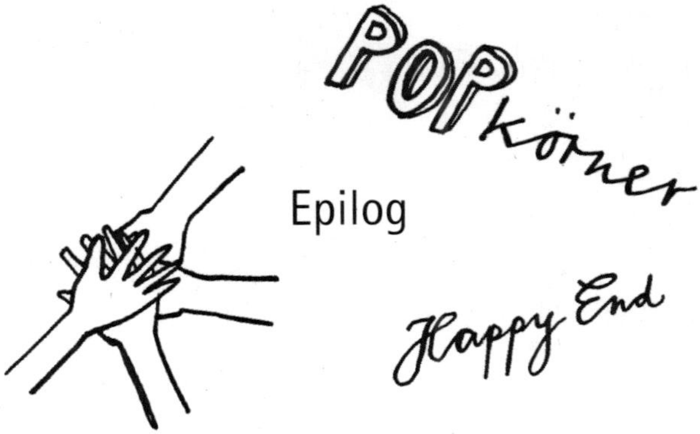

Epilog

Nur noch drei Tage bis zu den großen Ferien! In den Gängen und Klassenräumen der Lessingschule sirrte die Vorfreude. Lou und Motte, Rosa und Billie standen vor der Pinnwand neben dem Schulbüro. »Willst du ihn echt noch aufhängen?«, fragte Motte. »Das lohnt sich doch gar nicht mehr.«

Lou zog den eingerollten Bogen aus ihrer Tasche. »Logisch, lohnt sich das!«

»Ich helf dir.« Rosa hielt die unteren Ecken des Steckbriefs fest, während Lou oben die Heftzwecken reindrückte.

Billie drängelte sie zur Seite. »Na, dann bin ich aber neugierig, was unser Hippiemädchen geschrieben hat«, sagte sie und begann zu lesen.

Starporträt 4

Name: *Blum*

Vorname: *Luise – für meine Freundinnen* Lou

Wohnort: *Im alten Kutscherhaus in der Liebermannstraße 4a*

Geburtstag: *6. März 2000*

Sternzeichen: *Ich wurde im Zeichen der Fische geboren*

Größe: *ziemlich lang*

Gewicht: *ziemlich egal*

Hobbys: *die Popkörner, Gitarre spielen, meine Träume und Songs aufschreiben*

Erster Kuss: *Wer denkt an so was?*

Beziehungsstatus: *Freundin, Tochter, Schwester, Nichte, Enkelin, Cousine – hab ich etwas vergessen?*

Top-3 meiner Laster: *Harmoniesucht, Retro-Trash und ja, euch kann ich es ja verraten: ich mag Country-Musik*

Beschreibe dich mit wenigen Worten: *Meine rosa Brille nehm ich nicht ab, niemals!*

Wichtigster Moment in meinem Leben: *Als Motte meine Freundin wurde*

Meiner Familie, die die Arbeit an diesem Buch
wieder mit viel Liebe, Geduld und tausend und einer
Anregung unterstützt hat, danke ich von ganzem Herzen.
Ich liebe Euch!

Stefanie Taschinski

Die POPkörner

Ein Stern für Lou

Das Einzige, worauf Lou sich freut, wenn sie an Hamburg denkt, ist ihre Cousine Motte. Doch die reagiert anders als erwartet auf die Verwandtschaft aus Kanada. Und auch in der neuen Schule hat Lou es sich einfacher vorgestellt ... Doch so schnell gibt Lou nicht auf! Als im Musikunterricht ein ganz besonderes Projekt ansteht, hat sie eine so verrückte wie großartige Idee, für die ihr nur noch die passenden Mitstreiter fehlen.

Band 1
232 Seiten • Klappenbroschur
ISBN 978-3-401-50648-7

Eine Bühne für Billie

Das ist die Chance ihres Lebens! Billie hat die POPkörner bei der Europäischen Pop-Akademie in München angemeldet. Trotzdem scheinen die anderen Bandmitglieder wenig begeistert und Rosa hat sowieso nur noch David im Kopf. Billie kann das überhaupt nicht verstehen. Dann will plötzlich auch noch ihr Papa mit nach München kommen. Das kann ja nur peinlich werden. Doch die vier Freundinnen erwarten auf ihrer ersten Bandreise noch ganz andere Überraschungen.

Arena

Band 3
232 Seiten • Klappenbroschur
ISBN 978-3-401-50931-0
www.arena-verlag.de

Alice Pantermüller

Bendix Brodersen

Angsthasen erleben keine Abenteuer

Als die schrullige Thekla Salmonis im Waisenhaus auftaucht, hat Bendix keine Ahnung, dass damit das größte Abenteuer seines Lebens beginnt. Denn Thekla hütet ein unglaubliches Geheimnis: Auf einer kleinen Insel in der Südsee ist die Zeit im Jura stehen geblieben. Hier leben die letzten Dinosaurier der Welt ... solange niemand auf »Floribunda« aufmerksam wird. Und ausgerechnet Bendix darf Thekla begleiten.

232 Seiten • Arena-Taschenbuch
ISBN 978-3-401-50904-4

Echte Helden haben immer einen Plan B

Alles könnte so schön sein auf Floribunda, wo Bendix Brodersen dabei hilft, das größte Geheimnis der Menschheit zu hüten. Doch dann dümpelt eines Tages plötzlich eine Yacht vor der Nachbarinsel Guano im Meer. Touristen! Ein Plan muss her, um die Eindringlinge wieder zu vertreiben. Bevor diese herausfinden, welche außergewöhnlichen Vögel die Insel seit Millionen von Jahren beherbergt.

248 Seiten • Arena-Taschenbuch
ISBN 978-3-401-50905-1
www.arena-verlag.de

Patricia Schröder

Beste Freundin, blöde Kuh!

Verknallt, verkracht, versöhnt

Miri ist auf hundertachzig: ihr geliebter Cobi meldet sich nicht mehr und ihre allerbeste Freundin Joey ist auch stocksauer auf sie! Schuld an allem ist wieder mal nur Junia – die hat nämlich unverschämterweise behauptet, Miri hätte sich am Baggerweiher in den gutaussehenden Harper verkuckt. Aber in den ist Joey unsterblich verknallt! Gehts eigentlich noch komplizierter? Wenigstens behält Doreen, die vierte im Bunde, einen einigermaßen klaren Kopf!

Arena

200 Seiten • Arena-Taschenbuch
ISBN 978-3-401-50835-1
www.arena-verlag.de

Margot Berger / Stefanie Dörr
Ilona Einwohlt / Alice Pantermüller

Beste Freundinnen gegen den Rest der Welt

Vier Geschichten

Leo und Ammi beschließen, ein Pony zu retten. Und plötzlich stecken sie mittendrin in einem Abenteuer voller Mutproben, Streit und wahrer Freundschaft.
Seit Tinatin in ihre Nachbarschaft gezogen ist, benimmt sich Alvas beste Freundin Lea völlig daneben. Als Lea Tinatin schließlich eine Falle stellt, erkennt Alva, wer die wahre Freundin ist.
Maxi hatte schon befürchtet, dass es chaotisch wird, wenn Papas neue Freundin und deren Tochter Isabelle zu ihnen ziehen. Und sie hat ja so recht.
Terri kann es nicht fassen. Ihre Cliquenchefin Lilly verlangt einen Treuebeweis für ihre Freundschaft. Doch Terri bekommt ganz überraschend Hilfe ...

Arena

224 Seiten • Klappenbroschur
ISBN 978-3-401-50678-4
www.arena-verlag.de

Amina Paul

Die Welt steht kopf – in der Elternschule

Irgendetwas stimmt an diesem Morgen nicht: Florians Eltern sitzen im Wohnzimmerschrank und weigern sich, zur Arbeit zu gehen, Lenchens Vater flutet die Wohnung, weil er Papierschiffe versenken will, und die Rentner aus dem Altenheim eröffnen einen Discobus. Und als ob das alles nicht schon genug wäre, beginnt plötzlich auch noch ein fremder Reporter, in der Stadt herumzuschnüffeln.

Arena

272 Seiten • Arena-Taschenbuch
ISBN 978-3-401-50528-2
www.arena-verlag.de